マージナル

序章

人が、神を演じる時代になった。

人は、ナノサージャリーと呼ばれる、電子顕微鏡《けんびきょう》を用いての肉視不可能な細胞レベルの手術を可能にした。

人は、動植物を品種改良の名のもとに交雑し、突然変異を繰り返し引き起こさせることで作為《さくい》的に新たな種《しゅ》を作りだした。突然変異を人為的に誘発するために放射能が用いられていることを知らない者は意外と多いだろう。

そのうち人は、ギリシア神話に出てくるライオンの頭、山羊の体、蛇の尾をもつ怪物キマイラすらも難なく創造するに違いない。

人が、神を演じる時代がやってきたのだ。

物が溢《あふ》れる『豊かなる社会』『十全たる社会』

だが気付いていないだろう。

社会が豊かになり科学が神の領域に近づくに連れ、その裏で反比例するように欠けていく人の心を。人の精神の闇に潜《ひそ》む酸鼻《さんび》極まる欲求の数々が吹き溜まって噴出するのを。

そうして腐敗《ふはい》した欲求はインターネットを通じ、ある一点に澱《おり》のように溜まっていく。彼はそれを管理する立場に身を置きながら自《みずか》らも猟奇《りようき》の世界に身を浸《ひた》していた。

彼は、こうした正常な人間と異常な人間の狭間《はざま》に立つ人間のことを境界人間《マージナル》と呼んでいる。

彼、摩弥《まや》京也《きようや》も自身をマージナルだと思っていた。

一章　殺害

1

抹香《まっこう》くささが広い室内を満たし、僧侶《そうりょ》の読み上げる厳《おごそ》かな経《きょう》の隙間《すきま》から女のすすり泣く声が時折聞こえてくる。先頭から三列にわたって座っている喪服《もふく》姿の親戚縁者《しんせきえんじゃ》、それより後ろの列は皆、月森《つきもり》高校のブレザーを着ており何かに倣《なら》うように一様に項垂《うなだ》れていた。

前の方からまた、一際《ひときわ》大きくぐずる声がする。

最後尾の列に少年が一人、辺りを探るような目つきで座っていた。長身痩軀《そうく》、黒の革手袋をしている両の手、その右手には申し訳程度に小ぶりな数珠《じゅず》が巻かれている。

摩弥《まや》京也《きょうや》は考え込むように額《ひたい》に手を置いた。見る者を射抜《いぬ》くような切れ長の瞳がさらに細められる。

当然だが会葬《かいそう》者の中に不審な人物は見当たらない。

室内こそ厳粛《げんしゅく》な空気が漂《ただよ》っているが、一歩ここから外に出ようものなら飢《う》えたハイエナのようなマスコミの好餌《こうじ》になるのを覚悟しなければならない。

いま、京也の顔がメディアに映る可能性があるのはあまり歓迎すべき事態ではない。かといってクラスの全員が参列しているのに自分だけ欠席するわけにもいかないのが歯がゆいところだ。

京也は葬式などになんの感慨《かんがい》も湧かない。そもそもシステマティックな行事全体を好まない。

死体は肉塊《にくかい》と変わらない。肉塊は誰も癒《いや》さない。癒しは根本的な解決をもたらさない。

彼の中で南雲小百合《なぐもさゆり》のことは終わったことだった。

やがて読経《どきょう》が終わると、喪主の父親が中央に出てくる。ひどく憔悴《しょうすい》した面持《おもも》ちで、頬の肉が大きくこそげ落ちていた。

「本日は、娘の小百合のために、わざわざご会葬《かいそう》いただきありがとうございました――」

父親は生前の小百合の人となり、人付き合い、学校の成績などを滔々《とうとう》と語り出す。幾分《いくぶん》美化されているとはいえ、京也がよく知るクラスメイトの南雲小百合のそれと合致した。

『わたしが昨日学校に忘れていった傘、どっかにいっちゃったんだよね。摩弥くん知らない？』

小百合と交わした最後の会話だ。そういえば彼女は殺される前に自分の傘を見つけることができたのだろうか？　ふとそんなことが気になった。

父親の語りは家族の話題にうつっていた。

「小百合と御笠《みかさ》の仲の良さは、町内でも指折りで――」

そこまで聞いた途端、パイプ椅子《いす》が倒れるけたたましい音が静寂《せいじゃく》を破り、最前列に座っていた女子が立ち上がった。彼女も月森高校の制服を喪服《もふく》代わりに着ている。

彼女の横顔が見えた時、京也《きょうや》の全身は電流が流れたようにこわばった。

それは南雲小百合《なぐもさゆり》に見えた。いま現在彼女の葬儀をしている真っ最中だというのに、最前列で本人が立ち上がる。白昼《はくちゅう》に幽霊でも見たように京也の頭の中は束《つか》の間《ま》混乱した。

立ち上がった彼女を横合いから引っ張る手があった。

「駄目だよ、最後まで我慢して座ってなきゃ」

「……ゴメン、メグちゃん」

メグちゃんと呼ばれた子の手を振り払い、手で口元を覆《おお》いながら少女が走り出した。場が何事か囁《ささや》かれる声で沸いた。京也の隣にいる女子たちも何事か耳打ちし合っている。京也は気がつくとひとり立ち上がり走り出していた。

小百合が生き返った？　いや、そんなはずはない。

彼女は死んだ。いや、殺されたのだ。

ロビーの近くでその少女を見つけた。その後ろ姿も、控えめな背丈《せたけ》も、長く艶《つや》やかな黒髪もすべてのパーツが小百合と似ている。

声をかけあぐねた。なんと呼べばいいのかわからなかった。「君は小百合さんですか？」と聞けばいいのか。

少女がこちらを振り向く。憂《うれ》いを帯びた顔に、泣き出さないようにと自《みずか》らを律するような厳しい目つきだった。

似ている。が、違った。

切り揃《そろ》えられた髪はカラスの濡《ぬ》れ羽《ば》色に美しく光り、小作りな顔に細い顎《あご》、唇だけは艶《つや》めかしいくらい赤い。透《す》けるように白い肌に服の上からもわかる均整の取れたプロポーションは天からの寵愛《ちょうあい》を一身に受けたようだった。

「誰ですか……あなた？」

警戒のこもったその声で気がついた。この声には覚えがある。南雲小百合《なぐもさゆり》の妹だ。

そうか、南雲御笠《みかさ》。これがこの少女の名前だ。京也《きょうや》はその姿に息を飲む。

内心で感動にも似たものを覚えつつ、なんとか声を絞り出す。

「私の声を、覚えていますか？」

「……白井《しらい》……さん？」

彼女の顔に理解と驚愕《きょうがく》が同時に見て取れた。京也は息が詰まりそうになりながらも、どうにかいつも通りの慇懃《いんぎん》な調子で喋《しゃべ》り出す。

「いえ、あの時はわけあって偽名《ぎめい》を使っていました。私の本名は摩弥《まや》、摩弥京也といいます。初対面なのにさしでがましいようですが——あまり思い詰めない方がいいですよ」

京也と御笠にしかわからない問答《もんどう》めいた会話が交わされる。

　彼女は小さく口を開け、幽霊を見るような目で京也を見た。彼女が言葉を紡《つむ》ごうとした次の瞬間、突然その大きな瞳が潤《うる》んだかと思うと、急いで口元を手で覆《おお》った。

　御笠自身、自分が泣いていることに遅れて気付いたようだ。京也が安易《あんい》に優しい言葉をかけたせいだろう。彼女の涙腺《るいせん》が緩《ゆる》むのを見て自責の念に駆られる。

「あれ、あたし……」

「我慢することはありません。お姉さんが亡くなったばかりなのです」

　それが駄目押しだった。

「ご、ごめんな……ッ……さい、あ、あたしッ」

　京也の胸に柔《やわ》らかな衝撃が走った。御笠が飛び込んできたのだ。

　それが摩弥京也と南雲御笠の出会いだった。

　彼女はいままで堪《こら》えていた分を吐き出すように大声でしゃくり上げ始めた。おねえちゃんおねえちゃん、と連呼《れんこ》する様は、この葬式になんの痛痒《つうよう》も感じていなかった京也を責め立てるように悲痛だった。

　京也は彼女の泣くに任せた。小刻みに震える体は兎《うさぎ》かハムスターのようなか弱い生物を思わせる。

　京也の胸に顔を埋《うず》める彼女の震える細い肩、髪の間からのぞく綺麗なうなじ、そしてほっそりとした首を見て、京也は昏《くら》い昂《たか》ぶりを感じた。

この少女もまた姉同様美しい。

殺してみたいほどに。

――私は、なにをしようとしているのだろうか?

京也《きょうや》の両手は彼女を抱きとめるでもなく周りに人がいないことを確認すると、その細くて白雪のような肌の露出する首筋に手をかけようとしていた。革手袋の内側が汗で濡れた。

彼女は泣き伏し顔を上げる様子はない。首筋の産毛《うぶげ》に触れる。ひどく官能をそそる手触りだ。

その首を両手でへし折ってみたい。強烈な欲望が彼を衝き動かす。

彼女の今際《いまわ》のきわの顔を想像する。京也はたまらない気持ちになった。

彼女から情報を得るべきだ。

そう心の中で叫びながら京也は自分の右手を左手で押さえ込み、さらに噛みついて抑え込んだ。それは他人が見たらひどく奇異に見えただろうが、幸《さいわ》いにもそれを見ていた者はいなかった。

しばらくして彼女の泣き腫《は》らした瞳が京也を見上げてくる。

京也は無表情をつくろって御笠《みかさ》の肩に手を置く。その革手袋の右手には歯型が強く残っている。どうやら彼女には京也の不可解な行動は気付かれていないようだ。

「落ち着きましたか?」

「あのあの、は、はい。ありがとうございます、会ったばかりの人にこんな……」

「そうですね。人目がないとも限りません。変な噂《うわさ》が立つ前に私から離れた方がよいでしょう」

御笠は、そこで初めて京也の胸に抱きとめられるような格好になっていることに気付いたようだった。二人の顔の距離は息がかかるほどに近い。これを赤の他人が見たら誤解しない方がおかしいだろう。

御笠は耳まで真っ赤にすると跳びすさるように距離を離した。

「ご、ごめんなさいッ！」

「いえ、気にしていません」

沈黙が流れた。主に気まずい顔をしているのは御笠だ。京也は涼しげな顔のまま、やがて思い出したような風を装《よそお》って切り出した。

「そうだ、南雲さん。君にひとつ聞きたいのですが」

「……なん、ですか？」

「……君は姉を殺した犯人を捕まえたいですか？」

御笠は、あまりに突飛《とっぴ》な質問にか、え？　と口から漏らしてしまった。が、すぐに、

「勿論《もちろん》です。殺されたのはお姉ちゃんだけじゃありません。もうこれで三人目なんですよ。一刻も早くその殺人鬼が捕まって欲しいです」

素速く打算が働く。京也は内心ほくそ笑んだ。

「なるほど。……南雲さん、唐突《とうとつ》ですみませんが、私に知っている限りの小百合さんの情報

をいただけませんか？　そうすれば犯人を捕まえられるかもしれない」

「ど、どうしてですか？」

「この話は誰にも言わないで欲しい。──私は犯人を知っています。同時に犯人から狙われている」

御笠《みかさ》の表情が凍り付いた。が、すぐに嚙みつくような調子でまくしたてる。

「それ……どういうことですか？　お姉ちゃんを殺した犯人を知ってるって、ならどうして──」

「詳しく説明している時間がありません」

「せ、説明してください！　長くなってもかまいません」

「……じゃあ場所を移しましょう。けれど、聞いたら協力してもらわなければなりません、いまからならまだ式に戻れます」

最後通牒《つうちょう》よろしく、御笠を試すような発言をした。だが彼女の決意の宿った瞳は少しも揺るがない。その燃えるような双眸《そうぼう》はたったいま泣いていた人物とは別人のようだった。

憎悪《ぞうお》と義憤《ぎふん》を種火に燃え盛る美しい瞳だった。

「いいでしょう。出ましょうか、南雲《なぐも》さん」

「御笠、御笠です。そう呼んでくれませんか。友達はみんなそう呼んでくれます」

「わかりました御笠さん」

そう言って京也《きょうや》は彼女の腕を取ると、外に連れ出し、近くの喫茶店に入った。

客は京也たちの他に二、三組。内装は机から椅子《いす》からすべて木を切り出してのもので、木目が浮いた家具や天井《てんじょう》は自然な佇《たたず》まいで悪くない。が、少々ニスでテカりすぎだ。

京也たちは他人に聞きとがめられないように一番奥の席に座る。クラブサンドイッチとコーヒーを二組注文し、とりあえず一息つける。

彼女を見ると、もう注文は終わったはずだが、メニューを見るフリをして上目遣《うわめづか》いでこちらをチラチラ覗《のぞ》き込んでいる。丸くて大きな瞳が、京也と目が合うと急いでメニューに戻る。図書室で静かに本を読んでいる姿が似合いそうだった。

「……始めてください」

彼女が居住まいを正して聞きの姿勢に入る。

「その前に、御笠さん、私のことでなにか聞きたいことがあったらいまのうちに聞いておいてください？」

「えっ……と、どうしてですか？」

いきなりな質問にか困惑《こんわく》顔を見せる。

「今後の人間関係を円滑《えんかつ》に進めるためですよ。人さらいのようにいきなりここに連れてきた私に警戒や疑惑《ぎわく》の感情を抱いていないか、と思ったもので。私は誤解を解くための時間を惜しみません」

御笠は少し考えたあと、

「摩弥《まや》センパイは二年生……で、いいんですよね？」

「そうです。小百合《さゆり》さんの葬儀に出席していることからもわかるかと思いますが」

葬儀に参列できるのは小百合のクラスメイトと、小百合が懇意《こんい》にしていた一部の人間だけだった。さすがに全校生徒で参列されたら困るという学校側の配慮だろう。つまり、死んだ小百合のクラスメイトである京也《きようや》は参加が義務づけられていたのだ。

「私のことは摩弥《まや》で結構です。センパイ、などのような上下関係を明らかにする言葉はあまり好きではありません。敬語も不要です」

「じゃあ、摩弥……さん？」

「ああ、それと知人は大抵私を摩弥くんと呼びます」

「………摩弥くん？」

「なんでしょう」

「呼んでみただけ……です」

「そうですか」

御笠《みかさ》は恥ずかしそうに頬を紅潮《こうちよう》させた。

「摩弥……くんこそ、なんでさっきから下級生のあたしに丁寧《ていねい》な言葉使うの？」

「これはもう直りません。家族にもこの調子で話しますから」

「え……家族にも？」

　そこで注文したクラブサンドとコーヒーが来た。京也はコーヒーを一口すする。苦《にが》み走った旨《うま》みが喉《のど》を通り抜ける。

「そういう君こそ、お姉さんと随分《ずいぶん》性格が違うようですが……なんと言いますか、お姉さんの方はもっと快活な雰囲気の持ち主でした」

「よく言われた、かな」

　言われた、と過去形になっているあたりに、京也の胸をちくりと刺すような痛みが走った。

「先に御笠さんにお姉さんのことを聞いていいですか？」

「先に摩弥……くんが話してよ。さっき言った犯人を知っているってどういうことなの？　それと命を狙われてるとも言ってたの覚えてるんだけど……」

「なるほど、まずは私ですか」

　横目で御笠を見やる。両手を膝の上に乗せてここは完全に聞きの姿勢だ。こちらが情報を出さない限り彼女から聞ける情報はないと考えていいだろう。

　京也は目の前に座る少女にどこまでを語るか、考えあぐねていた。

　どうせなら話を引き出すだけ引き出して、こちらは最小限の情報を渡して別れたかった。

　言うことができない情報が多すぎる。どこまで誤魔化《ごまか》しきれるだろうか。

　たとえば――

自分が小百合の死体写真を殺人鬼から譲り受けたことなどがそうだ。

やれるだけやってみるしかないな。そう思い、京也《きょうや》は一つ息を吸い込み、カップをソーサーの上に戻した。

「そうですね、始まりは数日前にさかのぼります――」

2

また、殺しがあったらしい。

あぶるように強烈な日差しが室内に照りつける中、月森《つきもり》高校二年C組教室内の雰囲気は弛緩《しかん》していた。

みな暑さに参って机に突《つ》っ伏《ぷ》したり自前のうちわや下敷きで自分を扇《あお》いでいる。自然、話題の切り出しも締めも「暑いねー」に集約される。

そんな中、一人背筋を伸ばし、窓際《まどぎわ》後方の席で新書サイズの本に目を落とす少年がいた。摩弥《まや》京也はクラスの女子たちが話す『殺人事件』という単語を耳ざとく聞きつけ、本から顔を上げた。

京也の二メートルほど向こうに三人の女子が固まって弁当を広げている。暑さにもめげずに黄色い声でキンキン笑いながら層襞《プリーツ》のスカートで自《みず》らを扇いでいる。

恥じらいのない女子たちだ。

京也は彼女たちをそう断じる。彼はそれ以上興味を示さず、ただ取り交わされる会話だけに耳を傾けた。

「これで被害にあった子二人目でしょ、やばいじゃん。てか、あれってバラバラ殺人ってやつじゃないの？　じゃあ今日とか全校集会とかありそうじゃん。『あまり遅くまで外で遊ばず日が暮れる前に家に帰りましょう』とか校長言うんじゃね？」

「私、実は殺された高森美崎《たかもりみさき》って子知ってるさ。私のいた中学なんだよね。マジヤバくね？」

「うそー」「やだ」「犯人死ねって感じだよね」などと周りの女子が合の手を入れる。それで気分が良くなったのか、彼女の声のトーンが上がった。

「でさ、私が中三だったころ入ってきた一年だもん。けっこうかわいくてさぁ。なんていうの？　変態受けしそうな顔立ちだったからねぇ」

彼女たちがどっと沸いた。

どこに笑うところがあったのか理解に苦しむ。京也は眉をひそめる。

一際《ひときわ》爪がカラフルな女子が京也の隣の空席を指さすと、冗談めかして、

「南雲《なぐも》さんとか最近ずっと休んでるけどさ、もしかしたらもう殺されてたりして？」

京也の身体はその言葉に強い反応を示していた。ひどい飢餓《きが》感を覚え、喉《のど》は一瞬でカラカラに干上《ひあ》がった。拍動《はくどう》は高まり、心臓が高速で血を全身に循環《じゅんかん》させる。京也は彼女の立ち姿を

思い出した。

薄く長い眉、紅《べに》をさしたような唇、みずみずしい肌。

次に彼女が殺される様を想像する。力なく下がった四肢《しし》、血まみれの体、散らばった臓腑《ぞうふ》。

京也《きょうや》の中で性的な昂《たか》ぶりが起こる。やはり南雲小百合《なぐもさゆり》は素晴らしい。

「摩弥《まや》くん、さっきからじっとこっち睨《にら》んでるけど興味あんの？」

小百合との蜜月《みつげつ》の回想を邪魔する声に、京也はハッと我《われ》に返る。

——彼女たちの方から声がかかるということはよほど私は変だったに違いない。

京也はそこまで考えを巡《めぐ》らすと、そんな自分を深く恥じた。取りつくろうようにしかつめらしい顔を作る。

「ええ、私もその事件に興味があります。嫌《いや》な事件ですからね」

女子たちが顔を見合わせると、各々《おのおの》食べていた弁当も放り出してこちらの席に詰め寄ってきた。

「ねぇね、何知りたいのさ？」「ずるいっ、私が仕入れた情報なのに」「早い者勝ちでしょ」「摩弥くんってどうしていつも手袋してるの？　あと真夏も暑苦しいカッコだったしさー。クラスメイトに丁寧《ていねい》語もヘンだってー」

突如《とつじょ》質問攻めにあった。鬱陶《うっとう》しい。そう思いながら彼は黒の革手袋をつけた手で拳《こぶし》を強く握る。

月森高校二年の摩弥京也の風体《ふうてい》は異様だった。蟬《せみ》の鳴き声もやまぬ盛夏《せいか》の候《そうろう》に周りの男子を見渡せば上は半袖のカッターシャツ一枚なのだが、京也は教室で一人ブレザーを着けているばかりではなく、長袖のカッターシャツの下に首元をぴっちりと覆《おお》うタートルネックの黒いシャツをもう一枚着込んでいた。手には黒の革手袋をはめている。

京也は自分の挙措《きょそ》には常から気を払っている。

普通なら変人として疎《うと》まれるものだが、その顔立ちは悪くはない。

一八〇を超える痩軀《そうく》に切れ長の瞳、人によっては影があるとも、あるいは精彩《せいさい》を欠いたとも言われる能面《のうめん》のような表情。服装は異様だが時節《じせつ》さえわきまえていれば決して趣味の悪い方ではない。

ただ、彼の席の前後の机は、随分《ずいぶん》間が空いている。それがそのまま京也とクラスメイトとの距離だった。疎まれはしないが深く関わるのを避けられている。彼に率先《そっせん》して話しかけようなどとするのは、彼の容貌《ようぼう》に興味を持った女子が一握りいる程度だ。

「ねぇ、聞いてるの摩弥くん？」

「ええ、聞いてます」

京也は抑揚《よくよう》のない平板《へいばん》な声で返した。

「ちょっとノリ悪いよ摩弥くーん」

「ところで、あなたはどこまで事件を知っているんですか？」

「え？　別に、バラバラ殺人で、死体が二つ見つかってるから連続殺人じゃないかって……それだけだけど」

「私の隣の南雲《なぐも》さんですが、君はどうして彼女が休んだか知ってますか？」

「南雲さん？　もう三日くらいになるよね。休んだ理由は聞いてないよー。夏風邪《かぜ》かなんかじゃない？」

京也《きょうや》の心は小百合《さゆり》のことで気もそぞろだ。

彼女が学校を休むことはほとんどなかった。担任は彼女が休んだことに触れようとしない。彼女とは別段親しいわけではない。小百合は人当たりもよく誰とでも等しく仲良く接した。この学年内でも才色兼備《さいしょくけんび》としてかなり名が通っている。

京也は彼女と別段プライベートな繋《つな》がりはない。ただ席が隣り合っていたせいで話すことは多かった。京也が彼女にくだした評価は、「魅力的な女性」だった。

何気ない溜息《ためいき》をつく挙措《きょそ》や、髪を掻き上げる仕草に目を奪われる。こちらの視線に気がつくと彼女は屈託なく笑ってみせたものだ。

三人組の執拗《しつよう》な問いかけに、なあなあの返事をしていると、彼女たちは興味をなくしたのか陰気な様子で引き下がっていった。

小百合に恋愛感情を抱いているのか？　と聞かれたら京也はＮＯと答えるだろう。

ただし、彼女を殺してみたいか？　と聞かれたら――

その時、昼休みの終わりを告げる鐘《かね》が鳴った。弛緩《しかん》した空気が攪拌《かくはん》され、にわかに教室が活気づく。次の時間は体育だったか。京也《きょうや》はいつも通り見学に回る。

彼は今日はどこの木陰で休もうかと思案し始めた。

部活に入っていない京也は放課後の鐘とともにカバンを拾い上げると、教室を一番に抜け出した。

靴を履き替え、昇降口を一歩外に飛び出ると、そこは広々とした田んぼになっている。風の流れを遮《さえぎ》るものがないせいで、ここに立っていると暑さを忘れられる。月森《つきもり》市は近隣の大都市から駅で八つほど乗り継いだところにある衛星都市だ。

こういった市の端に位置するところには田んぼなどの牧歌《ぼっか》的な風景が広がっているが、中央に進むに連れ、ビルディングや各種レジャー施設など近代的な建造物も見えてくる。

「連続バラバラ殺人事件……ですか」

京也はまっすぐに帰路についた。

家に帰りつくと、母と妹がいた。京也はただいまを言うと素速く二階に上がる。部屋につくとカギをかけブラインドを下げ、そして、着ているものをすべて脱いだ。

一糸《いっし》まとわぬ姿になった京也の体は非常に細身で、無駄な贅肉《ぜいにく》が一切ない引き締まった肉体だ。

　だが、彼の体全体には無数の傷跡が体を這《は》っている。完治《かんち》しているものがほとんどとはいえ、未《いま》だに常人なら咄嗟《とっさ》に目を覆《おお》ってしまうほどに酸鼻《さんび》なにおいを放っている。

　切り傷、えぐり取ったような傷、大きいものから小さいものまで様々だが、喉元《のどもと》と、手首が特に何度も何度も傷つけられたのがよくわかるほどにひどい。

　右手首にはまだ治りかけの傷が斜めに走っており肉が盛り上がっている。これが彼が手袋をし、首まで覆った服で肌を隠し、常から体育の授業を欠席する理由だった。

　京也はこうして裸になることで俗世《ぞくせ》のしがらみから解放されたような気持ちになる。

　今日もまた無意味な一日だった。部屋の中央に立ちブラインドの隙間《すきま》から漏れるわずかな光をたよりに舞い上がる埃《ほこり》を眺めた。

　すべてが退屈で刺激のない日常。判で押したような生活。しまりのないクラスメイトたち、彼らと毎日顔を突き合わせることは京也にとって地獄《じごく》の責め苦にも似ていた。この生活があと二年近くも続くことを考えると暗鬱《あんうつ》たる気持ちを禁じ得ない。

　京也は腕立てと腹筋《ふっきん》を五十回ずつ三セット、ダンベル百回を行った。

　全身汗まみれになった京也はすぐさま風呂場に行きシャワーで全身の汗を流す。

　私服に着替えると勉強机の上に載ったラップトップ型のパソコンに電源を入れる。カリカリとなにかを引っ掻くような音がして画面が起《た》ち上がる。インターネットは彼の数少ない愉《たの》しみだった。

ネットに繋《つな》ぐとブラウザを起動し、〝お気に入り〟から特定のページを選び出す。

ふっとディスプレイが真っ黒になると、次の瞬間には画面に羽根ペンが出てきて血のように真っ赤なインクで中空に文字を書いた。

〈bloody utopia〉

書き殴ったような文字がそう書かれると、羽根ペンは消失した。

俗にアングラサイトと呼称《こしょう》される、非公然で道徳的に後ろ暗いものをコンテンツに置いたWEB上のホームページだ。京也《きょうや》はこの〈ブラッディユートピア〉の管理人を務めている。

コンテンツは多岐《たき》にわたる。残虐《ざんぎゃく》な拷問《ごうもん》法、教科書から葬《ほうむ》られた闇の歴史を追ったり、アメリカのカリスマ殺人鬼についての雑談、ネット上で採集した死体画像の公開、さらに最近流《は》行《や》っているのは、テレビで繰り返し取り上げられるような凶悪事件のニュース速報をつかみ、そこから犯人を類推《るいすい》、追跡する探偵まがいの遊びだ。

サイトのトップに月森《つきもり》での連続殺人が早くもトピックにのぼっていた。このサイトの侮《あなど》れないところは、会員に情報通が多いところだ。

記事に目を通して、京也は思わず賛嘆《さんたん》の吐息《といき》をついた。

記事はきちんとした読み物形式になっており、肝心の内容はニュースでかまびすしく報道されていることより数段詳しくなっている。会員の中に警察関係者か、あるいは記者かの職業が交じっているのは間違いないだろう。彼らが情報をリークしてくれているのだ。

京也はもう一度記事に目を通した。

始まりは一週間前、一人目は西條忍《さいじょうしのぶ》・十六歳が帰宅途中行方《ゆくえ》不明になり、翌々日殺されてバラバラにされ、噴水の中に放られていたらしい。

次の事件はつい昨日だ。高森美崎《たかもりみさき》・十四歳が同様に帰宅途中失踪《しっそう》。翌日、月森市の名前の由来になっている『月森』という林の祠《ほこら》の中に解体され押し込まれていたらしい。

二つの殺人が同一犯によるものだと結論づけられた決定的な理由は、解体の方法が同一のソレだかららしい。遺体は七つに解体され棄てられている。

記事はまだ書きかけで、順次書き加えていく旨《むね》が執筆者《しっぴつしゃ》の興奮した調子で書き加えられていた。

〈ブラッディユートピア〉はオープンコンテント方式で運営されている。会員が自由に事件の記事や写真——写真は流出した死体写真であることが多い——を投稿《とうこう》し、順次続報や裏情報が流れてきたら、別の人間が記事を加筆修《ふく》正して正確性や完成度を高めていく。

掲示板では、この事件について妄想《もうそう》を膨らませられ、陰謀《いんぼう》論に傾倒《けいとう》したディベートが行われ、マージナルたちは自分の手を汚さずに倒錯《とうさく》した欲望を充足させていくのだ。

人の死によって欲望を満たす人間たち。

常軌《じょうき》を逸《いっ》している、と多くの人間が言うだろう。だがそれはブラッディユートピアに集《つど》う人間全員が大なり小なり自覚している。

それは京也《きょうや》もまた同じだ。普段は長袖《そで》のシャツと革手袋で隠している彼の手首の無数の傷跡がそれを物語っていた。

もう少し待たないと面白い情報は集まらない。

そう思いながらメールチェックをしたとき、不意に一通のメールに目がとまった。

件名は『入会希望』だった。文面はこうあった。

『ブラッディユートピアへの入会を希望します。つきましてはご都合のつく時間帯を前もってご連絡くださればこちらの方で時間を作ります』とあった。

誰しもがこのサイトに入れるわけではない。会員制になっており配布されたIDとパスワードがないと、コンテンツを見ることができない。

IDの配布方法は、まず管理人である京也にアポを取り、両者の都合がつくときにチャットルームでしばし話し込む。そこで相手が同類か、それとも興味本位で訪れた人間かを峻別《しゅんべつ》して会員化の是非《ぜひ》を京也自身が判断した。

現会員は京也を含めて六百人弱、京也が時間をかけて選び抜いた、血を好み、闇に潜《ひそ》み、死《タナトス》に魅入《みい》られた同胞《どうほう》たちだった。

京也は同類を嗅《か》ぎ分ける鼻が利いた。自分は一度たりとも同類を見分け損《そこ》ねたことがないと自負《じふ》している。

送信時刻を見ると、いまから十分前、京也はすぐさま指定のチャットルームのＵＲＬを貼り付けたメールを返信する。
自分は一足先にチャットルームで待機する。ほどなくしてそれは現れた。
エクスター公爵《こうしやく》の娘〉　どうも、連絡したエクスター公爵の娘だ。
ヴェルツェーニ〉　はじめまして。私がブラッディユートピアの管理人のヴェルツェーニです。
京也はネット上では『ヴェルツェーニ』というハンドルネームを名乗っている。現実で話すときと違《たが》わない慇懃《いんぎん》な調子だ。
それにしても、と京也は思う。
こちらの気を惹くためだけにつけたハンドルネームかもしれないがつかみは悪くない。
ヴェルツェーニ〉　趣味のいいハンドルですね。
エクスター公爵の娘〉　気付いてるか。まあ当然と言えば当然かｗ
ヴェルツェーニ〉　勿論《もちろん》です。拷問《ごうもん》器『エクスター公爵の娘』からとったものですね。

磔台《はりつけ》の一種で、万歳《ばんざい》の格好をさせて体を固定し、骨の関節がはずれるまで上下四方に引っ張るという器具だ。資料によれば、これをやられたものは脱臼《だっきゅう》は当然のこと、手足の長さが一種異常なまでに伸びてしまうという。

この拷問器《ごうもんき》にかけられることを〝エクスター公爵の娘と結婚する〟、とはよく言ったものだ。

ヴェルツェーニ〉　拷問器がお好きなのですか？

エクスター公爵の娘〉　俺は拷問器、というより中世史が好き、なんだよ。拷問器はその知識の余禄《よろく》と言ったところかね。

ヴェルツェーニ〉　なるほど、では中世の誰が好きなのですか？

エクスター公爵の娘〉　そうだな。ジル・ド・レとかかね。

ヴェルツェーニ〉　美少年狩りのジル・ド・レですか。なかなか趣味がよろしい。

エクスター公爵の娘〉　そんなことを言われたのは生まれて初めてだw　彼は役者だよ。彼は部下に命じて村々で美少年を片端《かたはし》から捕まえさせては拷問にかけさせるんだが、そこでなんと自分で苦痛に喘《あえ》ぐ少年を助けに入る。「さあ、もう大丈夫だ安心しな」ってな具合でな。少年は神とも同一視せんばかりにジル・ド・レを見る。

ヴェルツェーニ〉　だが、と続くのですね。

エクスター公爵の娘〉　なんだ、やはり知ってるのか。そう、そこで彼は安心させて少年を抱きすくめるが、後ろ手に隠したナイフをいきなり突き立てる。少年は叫び声を上げのたうちまわり、ジル・ド・レは哄笑《こうしょう》をあげながら少年の陰茎《いんけい》を切り取り、内臓を引っ掻き回し自分の思いを遂《と》げるんだよ。

ヴェルツェーニ〉　昔の権力者というのは総じて退屈なんですよ。彼らのいた時代は娯楽《ごらく》が少なかった。一番の楽しみは性行為のみだったと言ってもいいでしょう。となるとその性行為をアレンジして違った角度から快楽を得ようと様々なアプローチがなされたとしても不思議ではありません。

エクスター公爵の娘〉　まあそれがああいう奴らを大量に生み出した温床《おんしょう》となったわけだがw

ヴェルツェーニ〉　あなたもジル・ド・レのようなことをしてみたい、と？

エクスター公爵の娘〉　まさか。俺ならライ麦畑でたわむれている少年たちが崖《がけ》から落ちそうになったとき、その手をつかまえる者になりたいと考えているぐらいだよw

ヴェルツェーニ〉　キャッチャー・イン・ザ・ライですか。なるほど。

知識量なら申し分ない。かなり早いがもう決めてしまってもいいだろう。京也《きょうや》は自分の目頭《めがしら》を軽く揉《も》みながらそう断じた。

〈ヴェルツェーニ〉　いいでしょう。あなたの入会を許可します。よろしくやりましょうエクスター公爵の娘さん。
〈エクスター公爵の娘〉　もう決まったのか？
〈ヴェルツェーニ〉　ええ、自分でも驚いているところです。あなたは本物です。私の鼻が保証します。あなたは本物のマージナルだ。
〈エクスター公爵の娘〉　嬉《うれ》しいねぇ。ところでマージナルってのはなんだ？
〈ヴェルツェーニ〉　正常と異常の境界に立つ人間のことです。人を殺す禁忌《きんき》のケダモノになりたがり、さりとて人であることを諦《あきら》めきれない臆病者《おくびようもの》。我々のことですよ。

なぜかエクスター公爵の娘は、しばしの沈黙をした。時間にしてわずか十秒ほどだったのだろうが、いままで滞《とどこお》りなく進んでいた会話のキャッチボールが急に返ってこなくなったことに京也《きようや》は不信感を覚えた。

なにか打とうかとキーボードに手をかけたときようやく返答が返ってきた。

〈エクスター公爵の娘〉　言い得て妙《みよう》だ。しかし残念だな。今度は血の風呂に入っていたエリザベート・バートリあたりに話題を移そうと思っていたんだが——ヴェルツェーニさんは誰が好きなんだ？

ヴェルツェーニ〉　私は中世より近現代の殺人鬼の方が好きです。
エクスター公爵の娘〉　今度ゆっくり話そうじゃないか。
ヴェルツェーニ〉　ええ、喜んで。

新たなメンバーの入会を喜んで一日を終われば、それでまたいつもの日常のはずだった。だが、〈エクスター公爵の娘〉は同好の士を見つけて昂揚《こうよう》したのか、ディスプレイ越しにでもわかるほどハイになっていた。こういう話題で盛り上がれる人間を見つけるのはたしかに難しいだろう。そしてそれは起こった。

エクスター公爵の娘〉　そうだ。お近づきの印《しるし》にいい物をやるよ。
ヴェルツェーニ〉　なんでしょうか?
エクスター公爵の娘〉　たったいまメールで送信したところだ。
ヴェルツェーニ〉　確認してもよろしいですか?
エクスター公爵の娘〉　どうぞご随意《ずいい》に。

京也はメーラーを起動し、メールを受信、すると本文なしで添付ファイルのみが貼り付けられているものが一通受信されていた。それを開いてみて、まず軽い驚きが訪れた。

死体写真だ。どこぞから流出したのだろう。裸に剝《む》かれた女性が血の海に沈んでいる。だがこれくらいならそこまで珍しいものでもない。インターネット上にプライバシーや倫理などという高尚《こうしょう》なものは存在しない。

写真を閉じようとして京也《きょうや》は死体の虚《うつ》ろな視線に気付き小さく声をあげた。片眉がつり上がる。

それは、京也のよく知る人物だった。

「なぐも……さゆり…………か?」

それは京也の隣席に座る南雲小百合だった。彼女は胸に大きな刺し傷があり、明らかに他殺とわかる変わり果てた姿をさらしていた。

初めて見る彼女の裸体は白く、血が抜けたせいか病的なまでに透《す》き通ってみえる。三日前まで彼女は京也の横で人当たりのよい笑顔を浮かべていた。

心臓が爆発しそうなくらい大きく打ち、脈も荒くなってきている。

めまぐるしく思考を回転させた。

彼女は誰に殺された? つい今日になって二人目の被害者・高森美崎《たかもりみさき》の亡骸《なきがら》が発見されたばかりだというのに。まだ警察は彼女の死体を見つけていないはず。

京也の頭の中でふたつの可能性が浮上した。

つまり、殺した当人がネットに流した画像をエクスター公爵の娘が拾ったか、もしくはエクスター公爵の娘が犯人か。

京也は机を引っ掻き回して連絡網を探し当てると、玄関を出、家の外にある公衆電話まで走る。京也は携帯電話を持っていない。昨今、大抵の家にはナンバーディスプレイ機能がついているので、家の電話ではかけたくなかった。

ボックスに入ると、早速彼女の家にかける。数回のコール音ののち、

「はい、南雲ですけど」

若い、女性の声がした。控えめな声量で放たれる声は、だが凛《りん》とした響きがあって、ウグイス嬢のように透明だ。

「南雲さんのお宅ですか？　私は南雲小百合さんのクラスメイトの白井《しらい》といいます。小百合さんはもう戻られましたか？」

咄嗟《とっさ》に偽名《ぎめい》を使った。

「…………いえ、実は昨日両親が捜索願いを出しに行ったところなんで……ところでどうして姉が家を出ていることを知って――」

姉、ということはいま話をしているのは彼女の妹ということになる。捜索願いなんかただの紙切れに過ぎないというのに無駄なことを。毎日おびただしい数の失踪《しっそう》者がでるのをいちいち警察が本腰入れて捜すわけもない。

「わかりました、失礼します」

「えっ、あの」

京也《きょうや》は打ち切るように一方的に受話器を置き、深い息をついた。やはりまだ小百合《さゆり》の死体は見つかっていない。

京也はそのまま踵《きびす》を返し、家に戻るとノートパソコンの前に座り繋《つな》いだままのチャットを再開しようとした。

キーボードに触れようとしたとき、手袋越しに京也は自分の指が震えていることに気がついた。

武者震《むしゃ》いだ。

京也が拳《こぶし》を作ると、革手袋がキュッと鳴った。

「はやるな、私よ」

ヴェルツエーニ〉 大変お待たせしました。
エクスター公爵の娘〉 どうだ？ これ、なかなかいいモノだろう？
ヴェルツエーニ〉 これをどこで？
エクスター公爵の娘〉 ネットで拾ったんだよ。

そう来るとは思っていた。京也は闘いの口火を切る。

ヴェルツェーニ〉　あなたが殺した、の間違いでは？
円滑《えんかつ》に進んでいた会話が再び途切れた。相手から長い沈黙が返ってくる。京也は畳《たた》みかけるように続ける。
ヴェルツェーニ〉　私は別にネットからあなたの素性を辿《たど》ろうとは思っていません。安心してください。
エクスター公爵の娘〉　ちょっと待ってくれ。一体これはなんの話だ！
ヴェルツェーニ〉　隠さなくてもいいですよ。あなたは他人に話したいはずだ。
エクスター公爵の娘〉　俺はこの女性が誰かも知らない。
ヴェルツェーニ〉　それは嘘《うそ》でしょう。彼女の名前は南雲小百合《なぐもさゆり》。さっきニュースに出ていましたよ。まさかあんなに派手に放送しているのに見ていないのですか？
エクスター公爵の娘〉　ああ、たしかそんな名前だったな。
ヴェルツェーニ〉　嘘ですよ。まだ彼女は行方《ゆくえ》不明のままです。
エクスター公爵の娘〉　おい、お前それで俺の言質《げんち》を取ったつもりか？　俺はお前の話に茶々を入れないように合の手を入れただけだ。

相手の語調は段々と荒くなっていく。苛立《いらだ》ちが手に取るようにわかった。
――そうだ、怒れ。
薄く笑みが浮かぶ。

ヴェルツェーニ〉　あなたは知りたいはずだ。なぜ私が彼女の名前を知っているのかを。
エクスター公爵の娘〉　お前頭がどうかしてるんじゃないか？　俺はこの女を知らないって言ってるだろう。
ヴェルツェーニ〉　どこでさらったんですか？　彼女は魅力的な女性でしたから随分《ずいぶん》とお楽しみだったでしょう。
エクスター公爵の娘〉　不愉快《ふゆかい》だ。失礼する。
ヴェルツェーニ〉　私も、彼女を殺してみたかった。

またしても、相手は黙り込んだ。絶句しているのだろう。やがて。
エクスター公爵の娘〉　本気で言ってるのか？
ヴェルツェーニ〉　認めるんですね？

数瞬の沈黙。そして、

エクスター公爵の娘〉　ああ、俺が殺したんだw

京也《きょうや》はあと二、三質問をして相手から有力な文言《もんごん》を引きずり出せなかった場合、素直に勘違いだと謝罪するつもりだった。喜びより安堵《あんど》が勝《まさ》る。しかし自分の同類を嗅《か》ぎ分ける鼻がエクスター公爵の娘が実行者であると告《つ》げていた。

ヴェルツェーニ〉　このタイミングで新たな殺人ということは、あなたはいま世間で話題になっているバラバラ殺人の実行者ということになりますね。

沈黙。なんてわかりやすい人間《ヤツ》だ。

ヴェルツェーニ〉　この後、彼女を解体したはずだ。どうです、興奮しましたか？

エクスター公爵の娘〉　したね。最高だったよ。だが、同時に惜しいことをしたとも思ってるんだ。

吹っ切れたのだろう。エクスター公爵の娘の発言の裏にはギラギラしたものが感じられた。

ヴェルツエーニ〉どういうことです?

エクスター公爵の娘〉早く殺しすぎたんだよ。本当は生きたままに五体を裂いてやろうかと思っていたんだが、予想外に暴れたんで壁に叩きつけたら動かなくなっちまった。残念だったな、俺はお前が言うマージナルとやらじゃなくて。お前に言わせると俺みたいなのはなんて言うんだ?

ヴェルツエーニ〉私はあなたのような人はオーバーラインと呼んでいます。

エクスター公爵の娘〉境界線《ボーダー》を踏み越えたモノ、ね。お前はこいつの何だ? 知り合いか親戚《しんせき》筋か?

ヴェルツエーニ〉ええ、そうなります。

エクスター公爵の娘〉まだ余裕カマしてるのか? ムカツク野郎だ。

ヴェルツエーニ〉そんなつもりはありませんよ。

エクスター公爵の娘〉お前、俺がべらべら事件について喋《しゃべ》ってるのにおかしいと思わないのか?

エクスター公爵の娘〉さて、そういえばどうしてでしょうか?

エクスター公爵の娘〉次のターゲットが決まったんだよ。

ヴェルツェーニ〉　お聞きしましょう。誰ですか？
エクスター公爵の娘〉　お前を、殺してやるよ！

臓腑《ぞうふ》に突き刺さるような文字だった。相手のゆがんだ面相がリアルに想像できる。なんという悪意の塊《かたまり》だろうか。鳥肌が立つのを感じる。

ヴェルツェーニ〉　私を殺す？　あなたに私の正体がわかりますか？
エクスター公爵の娘〉　お前はあの女の親戚か知り合いなんだろ？
ヴェルツェーニ〉　そうです。ヒントはそれだけで十分だと言うわけですか。いいでしょう、サイトに入るためのＩＤ等はあとでそちらに送っておきます――そのうち、会う機会があるかもしれませんね。
エクスター公爵の娘〉　会う機会があったとして、気付いたときにはもうお前は死んでるよ。

それがお互いの宣戦布告になった。エクスター公爵の娘はその言葉を最後に席を外した。京也《きょうや》もネットの接続を切りＰＣの電源を落とす。
一気に体に疲れが出た。椅子《いす》の背もたれに大きく背中を預ける。目を瞑《つぶ》り肘《ひじ》掛けに手を置く。スピンドルが背中を押すのも心地がよい。しばし沈思黙考《ちんしもっこう》する。

小百合《さゆり》殺しを認めたということは、同時に他の二件の殺害も認めたも同然だ。

そして次のターゲットは自分。しかも『南雲《なぐも》小百合の知人』だと相手に知られている。

エクスター公爵の娘は自分にまでたどり着くだろうか？　エクスター公爵の娘より先に相手の素性を突きとめることができるのか？

京也は自分の顔を撫《な》でる。そこで初めて、自分の口元が大きく三日月型に開かれていることに気がついた。

「私はこの状況で笑っているのか？」

極限の命のやり取り、退屈からの脱出。そしてなにより、たしかな生命の危機に直面しているはずなのに、崩れた顔が元に戻らない。そのうちケタケタと笑い声が喉《のど》の奥から漏れ聞こえてきた。

「私を殺しに来る……？」

京也は机の引き出しから折りたたんだバタフライナイフを取り出した。

右手一本で柄《つか》を回転させながらブレードを展開する。いまのところ自衛になりそうな武器はこれくらいのものだ。

——私はなんのために本物のオーバーライン、境界を越えた人間に手を出したりなんかしたのだろうか？　復讐《ふくしゅう》だろうか？

いや、この感情はおそらく——

――嫉妬《しっと》だな。

南雲小百合《なぐもさゆり》のバラバラ死体が発見されたのはその翌日だった。市の南、風力発電塔の真っ白なファンの根本に肉塊《にくかい》がまとめてくくりつけられた状態で見つかった。

全校集会が開かれ、彼女のために一分間の黙禱《もくとう》が捧《ささ》げられた。校長は「亡くなった」という言葉は使ったが「殺された」や「殺害された」などとは一言も言わなかった。

そして京也は葬儀《そうぎ》の席で、目の前の少女と出会った。

3

「――ここまでが私の体験したすべてです」

京也はすっかり冷めてしまったコーヒーを口に運び、喉を潤《うるお》した。

勿論《もちろん》すべて話したわけではない。京也はエクスター公爵の娘とはゆきずりの関係で、偶然チャットルームで出合ったことにしている。それに小百合の死体写真の受け取りについてもなにも語っていない。

御笠《みかさ》は一言一句《いちごんいっく》聞き漏らすまいと険しい表情でこちらを見ていた。コーヒーのカップを握ったまま微動だにしない。もう話は終わったというのに、彼女はこちらから吸い上げる情報をまだ欲するかの如《ごと》く睨《にら》んでいた。

「御笠《みかさ》さん？」

御笠は、はじかれたように顔を上げた。

「ご、ごめんなさい」

御笠は喉《のど》が詰まりかけたようにぐっ、というつぶやきを漏らし、目尻に浮かんだ涙を手で擦《こす》った。

「ショックでしたか？」

「いえ……。でもおかげで大体事情はわかりました。摩弥《まや》くんはどうやって犯人を見つけるつもりなの？」

「それをいま調べているんです。それより、こちらからも質問してもよろしいでしょうか？」

「……うん、いいよ」

京也《きようや》は彼女がよく立ち寄る場所、小百合《さゆり》が付き合いがあった友達——特に男関係——の名前を聞いた。まずはここら辺から調べてみることにしよう。

「……摩弥くんは、やっぱり顔見知りの犯行だと思うの？」

「どうなのでしょうね。一応統計的にはその可能性が圧倒的に高いですから。でも今回の被害者は若い女性に限定されている以外接点がいまのところわかっていない。一人目は十六歳の高校生、二人目は陽工《ようこう》中学の三年、三人目は君のお姉さん、無差別殺人の可能性は高い。だとするならば私が辿《たど》れる範囲は限られています。素人《しろうと》の私が調べても途中で手がかりが途切れてしまう可能性は高いでしょう」

「じゃあッ、じゃあどうするのッ？　エクスター公爵の娘って人は簡単に摩弥くんを見つけることができるんだよね？　このままじゃ……」

「簡単に、ではありませんね。辿られたとして、一つ確実に勝つ手があります」

「ホントに？」

彼女はテーブルから身を乗り出さんばかりにこちらに顔を寄せる。

「カウンターを狙うんですよ。放っておいてもあっちはこちらにやってきますから迎え撃つ準備を万全にしておいて、私を殺しに来たところを返り討ちにするんです」

「危険だよそんなの！」

「では君にこれ以上の妙案《みょうあん》が思いつくのですか？　霧《きり》の中で敵に向かって闇雲《やみくも》に剣を振り回すより、自《みずか》らの守りを固めた方が合理的です」

「でも――」

「君は『囮《おとり》』という言葉を倫理的に受け入れられないだけです。連続殺人とは被害者が多く死ねば死ぬほど結果的に捜査は進展する。たとえ結果的に私が敗れようと、それならそれでエクスター公爵の娘の首は余計に絞まっていく」

「摩弥くんおかしいよ！　さっきからまるで自分の命まで駒《こま》の一つみたいに言ってる……」

「それは……」

本当のことですから。

危《あや》うく言葉を飲み込んだ。

──私は何を言おうとした？

露呈《ろてい》しかけた。

常に厚着して表皮を守り、常に丁寧な言葉を使って心を鎧《よろい》で覆《おお》って生きている摩弥京也《まやきようや》の本質が一瞬露呈しかけた。鎧のない卑小《ひしよう》な存在である自分が白日《はくじつ》の下《もと》にさらされることは、なによりも恐ろしいことだった。

京也はこの時初めて、南雲御笠《なぐもみかさ》を危険視した。早くこの少女と別れたほうがいい。

「すみません、つまらない話を……伝票は私がもちます」

食い下がろうとする少女に、二の句を継げないように手早くそう言うと、伝票を持って立ち上がった。

「随分《ずいぶん》長らく話し込んでしまいました。早く戻って謝《あやま》ってきた方がいい。忘れているわけではないでしょう？　君は葬儀《そうぎ》を抜け出してきているのですから」

京也は座席に深く沈み込んだように席から動かない御笠に背を向け、レジに向かって歩き出す。

「あのッ！　……摩弥くんは、お姉ちゃんのこと、好き……だったんですか？」

語尾は尻すぼみになって消えていくようだった。

「…………さようなら、御笠さん」

京也は振り返らずに店を出た。


夜、カギをかけた部屋は電灯がついておらず、カーテンを閉めきっているせいで月光すらも差し込まない。だがパソコンのディスプレイだけは暗い室内で煌々《こうこう》とした明かりを放っていた。キーをタイプする音だけがしじまに響き、射抜《いぬ》くような瞳がディスプレイを凝視《ぎょうし》している。

京也はブラッディユートピアのトップページを眺めていた。

トップページにはフォントサイズを大きくした文字でこうあった。

〈月森《つきもり》市で起きている連続バラバラ殺人事件の真相を究明するため、協力者を募《つの》ります。月森近辺に住んでいて、巡回《じゅんかい》や聞き込み、その他どんな形でもよいので協力できる方、ご連絡ください　　管理人　ヴェルツェーニ〉

「真相の究明……ですか。偽善《ぎぜん》的で、建前《たてまえ》としても最悪に近い。私は正義の味方でも気取ろうとしているようですね」

最近このブラッディユートピアで探偵の真似事《まねごと》のような遊びが流行《はや》っている。京也もその尻《しり》馬《うま》に乗ろうというのだ。だが、あくまでそれは建前で、実際は手駒《てごま》を揃《そろ》えてエクスター公をいぶりだしてやろうと考えている。

自分で見ていて吐き気がする偽善者ぶりだ。その裏にあるのは保身《ほしん》。結局自分は生きることに執着《しゅうちゃく》している——。

時間は午前二時になろうとしているのにアクセスカウンターはよく回った。大抵の同胞《どうほう》はこの時間帯に活発に動く。

この書き込みを見て同胞はどう思うだろうか、と京也《きょうや》は考える。何事にも不干渉《ふかんしょう》を決め、石橋を叩いて渡るような性格を常に標榜《ひょうぼう》しているヴェルツェーニが率先《そっせん》して事件の内懐《うちふところ》まで飛び込んでいく。同胞は不審がるかもしれない。私事《わたくしごと》だと見抜かれるだろう。一人でも集まれば御《おん》の字《じ》というところか。

だが、案に相違《そうい》して、二時間も経たないうちに四人もの賛同者が協力を申し出てきた。

ブラッディユートピアに適合した人間の中にはファナティックなまでにヴェルツェーニという偶像《ぐうぞう》を崇拝《すうはい》している人間がいる。そういった手合いが協力してくれているのだろう。

〈ヴェルツェーニ〉 みなさん、最初に言っておくと、今回のこれは完全な私事です。巻き込んでしまって本当に申し訳ない。いま降りても私は恨《うら》んだりしません。

〈スターマイン〉 久しぶり。元気してたヴェルツェーニ？ 僕も微力《びりょく》ながら協力する。

スターマインも参加するらしい。
彼はこのサイトを立ち上げた初期からいる会員だ。一体彼はどういう立場の人間なのか、秘された犯人の顔写真や、マスメディアに報道されていないはずの情報をかなり早い段階で持ってくる情報通だった。
一度彼がブラッディユートピアに持ってきた扇情《せんじょう》的な死体写真を、他の同胞がおもしろ半分でばらまいたせいでネット中の至るところに出回って、ついには遺族が見てしまい卒倒《そっとう》するということもあった。そういった立役者《たてやくしゃ》とも元凶《げんきょう》とも言えるのが彼だ。
エピゴーネン〉　私事結構。ヴェルツェーニ様、夜の見回りでよければ私にも手伝わせてください。
サド侯爵《こうしゃく》〉　僕は仕事の都合上昼の間だけですね。聞き込みに回ります。
屍〉　じゃあ巡回《じゅんかい》の方で。
ヴェルツェーニ〉　これだけいれば随分《ずいぶん》と心強い。ありがとうございます。
スターマイン〉　多分まだ増えるよ。さて、じゃあ僕の方で身許の割れない飛ばし携帯かプリペイド携帯を人数分都合するよ。
ヴェルツェーニ〉　私が払いましょう。
スターマイン〉　いいよ気にしなさんな。金だけは腐るほどあるんだ。

ヴェルツェーニ〉　あなたに段々頭が上がらなくなってきましたよ。
スターマイン〉　じゃあ二代目の管理人には是非僕を指名してくれｗ　で、携帯電話だけどメンバーのアドレスを入れた状態で、そうだなぁ――
ヴェルツェーニ〉　月森《つきもり》市には中華街があります。そこに『姑娘《クーニャン》』というお店があるのでそのゴミ箱に入れておいてください。各々《おのおの》そこで携帯を回収してなにかあったらメールで連絡、通話は禁止という方向でどうでしょう。

京也が反応を窺《うかが》うが、他の会員が言葉を繋《つな》ぐまでいくらか時間を要した。

スターマイン〉　ああ、それでいいと思う。君のフレキシブルな頭脳には毎回驚かされるよ。
屍《しかばね》〉　なぜ通話は禁止なのでしょうか？　それにそんなまどろっこしい方法をとるより直接携帯を手渡しした方が早いはずですが。
ヴェルツェーニ〉　屍さん、ブラッディユートピアに入会したとき、私から一つ禁止事項を通達したのを覚えていますか？
屍〉　ああ、そういえばたしかに。ブラッディユートピアでの交友関係はブラッディユートピア内だけにとどめ、現実世界《リアル》には持ち込まない、でしたっけ。
サド侯爵〉　ずっと疑問に思っていたのですが、なぜオフ会の類《たぐい》を禁止するのですか？　趣味が合ってリアルで話したいって人もいるかと思うのですが。
ヴェルツェーニ〉　サド侯爵さん、あなたはリスキーシフトという言葉を知っていますか？
サド侯爵〉　いえ。
ヴェルツェーニ〉　私たちマージナルは一般の人とは異なる危険な思想を持っています。異性をいたぶりたい、残虐《ざんぎゃく》な方法で相手を拷問《ごうもん》したい、死体愛好的《ネクロフィリア》な嗜好《しこう》を持つ人もいるでしょう。かくいう私の性癖《せいへき》も死体愛好にカテゴライズされるでしょう。
エピゴーネン〉　そうなのですか？
ヴェルツェーニ〉　ええ、綺麗な女の人を見ると頭の中でまず真っ先に残酷な方法で殺してみるんですよ。私は自分の行動に細心《さいしん》の注意を払って生きていかねばならない。
エピゴーネン〉　エドワード・ゲインを思い出しますね。
ヴェルツェーニ〉　脱線しましたね。リスキーシフトというのは集団討議によって意見がより極端な方向に傾くことです。要は「赤信号、みんなで渡れば怖くない」の原則ですね。
サド侯爵〉　？　それとオフ会の禁止がどう重なるので。
ヴェルツェーニ〉　たとえば私とサド侯爵さんがリアルで会ったとしましょう。私もあなたも倒錯《とうさく》した欲望を抱えている。そのまま話が弾《はず》んで、自分の持っている密《ひそ》かな殺意が討議することによりより危険な方向に偏向《へんこう》していく。すると――
サド侯爵〉　ついには共謀《きょうぼう》して罪を犯してしまう――と。

ヴェルツェーニ〉 そういうことです。二人より四人や五人のほうがねじまがり具合もひどいでしょう。我々は常にマージナルでなければなりません。決して踏み越えてはならない領域がある。そこを守っていきましょう。本当は掲示板の類だけでも十分に偏向は起こるのですが、さすがにそこまで禁止するわけにはいきませんからね。

エピゴーネン〉 凄《すご》いですヴェルツェーニ様。私たちのためを思っての規則だったのですね。

スターマイン〉 なるほどね。さ、じゃあ携帯の受け渡しはさっきの方法でいいでしょ？ なにかわかったら逐一《ちくいち》報告する。できるだけ情報はヴェルツェーニに集めた方がいいな。

ヴェルツェーニ〉 すみませんがよろしくお願いします。明日があるので私はそろそろ落ちることにします。ではみなさん。

パソコンの電源を落とすと、途端に室内に闇の帳《とばり》が落ちた。

首尾《しゅび》は上々だ。いまできることは全部したつもりだ。猟犬《りょうけん》を月森《つきもり》市に放って、エクスター公を狩り出してやればいい。

これは闘争だ。境界《マージナル》に踏みとどまっている京也《きょうや》と、一線《オーバーライン》を越えたエクスター公爵の娘との。始まってしまった以上、敗けるわけにはいかない。

ただ携帯電話の受け渡しについてはあれでよかったのかと疑問に思う。

中華街の盛り場でゴミに紛《まぎ》れて拾うのはいいが、他の会員の誰かが、京也の顔見たさに張り込んでいるかもしれない。なるべくならばブラッディユートピアを統《す》べる人間が一介《いっかい》の高校生であることを知られたくはなかった。代わりに携帯電話を拾って京也まで手渡してくれる人間がいればいいのだが……。

京也は窓際に行くとカーテンを引く。叢雲《むらくも》を抜けた満月と丁度《ちょうど》目が合った。

「今宵《こよい》はいい夜ですね」

なぜか葬儀《そうぎ》であったあの少女のことを思い出した。

小刻みに震える肩は小動物のような寄る辺《よるべ》なさを醸《かも》し、泣き腫《は》らした大きな瞳は嗜虐《しぎゃく》心を煽《あお》る。

頭の中で彼女のブレザーを脱がしリボンをむしりとる。シャツのボタンを一つずつはずしていき窮屈《きゅうくつ》そうな胸元を緩《ゆる》めた。彼女を裸に剝《む》いて優しく頬にキスをする。綺麗な鎖骨《さこつ》は軽く汗ばんでいる。本人に気付かれないように優しく首に手をかける。そして一気に力を込める。彼女の目が驚愕《きょうがく》に見開かれ、だがすべてが遅い。彼女の小枝のように細い首はついに――。

京也はそこで我《われ》に返った。

「いけないな。この兆候は……」

もう一度空を見上げた。この空の下のどこかでエクスター公爵の娘も、京也と同じ月の光を浴びているのだろうか？　そんなことを思った。

4

雲間から満月がのぞいた。

アパートの一室。月光が室内の闇を切り取っていくと、ほどなくして二つのシルエットが露《あらわ》になった。

一つの影は大の字に寝そべったまま動かず、もう一つの影は膝《ひざ》をついて首を九〇度上に傾けている。まるで祈りを捧《ささ》げる敬虔《けいけん》な信者のようだった。

「アアアァァ？・」

奇妙な雄叫《おたけ》びのような声があがり、膝をついた方の影がのっそりとのけぞらせた身を元に戻した。その顔は一面ペイントされたように血まみれだ。特に口元がひどい。絵の具を重ね塗りするように、一度固まった血の上にさらに血を塗り固めた濃いベージュ色だ。

身を起こしたのは中肉中背の若い男だった。蓬髪《ほうはつ》で無精髭《ぶしょうひげ》が生えているいかにも風采《ふうさい》の上がらなさそうな顔だった。

衣服はまとっていない。それは傍《かたわ》らで大の字になっている女も同じだった。

彼に付着した大量の血液は彼のものではない。それは裂かれた女の腹から飛散したものを塗りたくったものだ。

男、海藤信樹《かいどうのぶき》の瞳に意志の光が宿った。やにわにむせ返るような血臭が漂《ただよ》う。

彼は壁にかかったミニサイズの掛け時計を見た。

まだあれから三十分しか経っていない。

海藤は一旦《いったん》放心した状態になると五時間戻ってこないこともある。今日は随分《ずいぶん》と早かったほうだ。

今日はイラつくことが多かった。思い出すだけでムカつきを覚える。

塾講師をやって糊口《ここう》を凌《しの》いでる海藤には、ストレスの種も多い。それは主に彼の能力による正当な評価の結果なのだが、海藤自身はそうは思っていない。

「アイツらめ……」

教えている中学生は年頃のせいか反抗的で、それにイラつく海藤の気配にあてられて、教室は知らない者が入ったら胃が悪くなるようなよどんだ空気になる。

教鞭《きょうべん》の執《と》り方一つにしても、塾に通わせている結果が成績に反映されないと親が怒鳴り込んでくる——そう簡単に結果が出てくるわけがないだろ——ことがしばしばある。

親は直接金を出している人間なので余計タチが悪い。

親の中には海藤の解雇《かいこ》を打診《だしん》してくるものもいると聞く。

なにもかもがムカついた。

おまけに数日前の一件もある。ブラッディユートピアと呼ばれるアングラサイトのＩＤをもらおうとチャット上でヴェルツェーニと呼ばれる男——即断はできないが多分男だ——とチヤットルームで話したときのことだ。

慇懃《いんぎん》な口調だったが、なぜか冷たい感じのする男だったのを覚えている。だが久々に話のできる男だった。

海藤《かいどう》は殺した女を写真やビデオに撮《と》って常時携帯するノートパソコンにまとめて放り込んでいる。彼女たちの最期《さいご》を見ている間、束《つか》の間《ま》すべてを許せる気になってくるからだった。

海藤はヴェルツェーニと話している内に気分が良くなってコレクションから自慢のものを見せてやった。この種の画像は、ネットの画像掲示板で拾ったことにしている。

だがヴェルツェーニはあろうことか海藤が犯人だと決めつけた様子で詰め寄ってきたのだ。

おそらくヴェルツェーニは海藤をやり込めたことにいい気になって今頃ほくそ笑んでいるに違いない。冗談じゃない。

頭を振る。

海藤は他人に見下されることを何よりも嫌っている。特にあの瞬間の怒りは忘れられない。

絶対に見つけ出して殺してやる。

怒り心頭《しんとう》に発した海藤は、そのせいか三人目をバラしてからわずか数日で四人目に手を出してしまった。

日に日にインターバルが短くなってきている。自戒《じかい》しなければならない。

傍《かたわ》らの死肉を見やった。単純な女だった。若いホステスだと言っていたか。こういうのは張り合いがない。たいして面白くもなかった。名前ももう忘れた。

やはり中学生や高校生がいい。自分の教えている生徒の年齢がそれくらいだからだ。

だが真に満足できない理由は海藤《かいどう》もわかっていた。

三人目がよすぎたのだ。南雲小百合《なぐもさゆり》。彼女は最高だった。だが海藤《かいどう》はそこで一生の不覚を取った。早く殺しすぎたのだ。

いまならもっと上手《うま》くやれる自信がある。

だがもう彼女のような至高の存在に会うことは叶《かな》わないだろう。一期一会《いちごいちえ》だった。あれに限っては悔《く》やんでも悔やみきれない。

海藤は立ち上がってザックの中から、八寸《すん》ナタと一眼レフのカメラ、ハンディカムを取り出した。そろそろ最後の一仕事、解体の工程に入ろう。

海藤が一番許せないのは報道の仕方だった。このバラバラ殺人をマスメディアは『猟奇的《りょうき》』と切って捨てるからだ。

猟奇的と断じることによって物事を多角的な方向から見ることを殺《そ》ぐ愚昧《ぐまい》な連中だ。海藤はメディアに絶望した。

一人くらい気付いてくれると思ったからだ。

あれは『殺す』ことではなく『生かす』ことだったと。

人間の肉は生きているだけで多くの穢《けが》れを孕《はら》む。だから死後、せっかく天使が迎えに来ても、死肉は穢れを多く吸って重く、天使は天国に死者を運んでいけないのだ。だが、死体を分割すれば天使は楽に運べるのだ。

つまり海藤は死者を生かすために解体の手間をかけている。

ニュースを見た瞬間コメンテイターのあまりの無能さに腹が立ってテレビを叩き壊してしまったのを思い出した。自分は新聞も取っていないので事件の続報を追えない。

だが、あんな無能な連中の言うことなどもう興味がなかった。

いまはヴェルツェーニを狩り出すことだけに専心しよう。

――そのうち、会う機会があるかもしれませんね。

ヴェルツェーニが去り際《ぎわ》放った言葉だった。背筋がゾクッとするような台詞《せりふ》だった。

あの時あの瞬間、海藤信樹《のぶき》は心底ヴェルツェーニに恐怖したのだ。

許せなかった。カミからの命を受け、崇高《すうこう》な行為をしている自分を脅《おびや》かす存在が。

ネットで偽物《にせもの》の警察手帳を注文した。数日中には届くだろう。

これを使って私服刑事を騙《かた》り聞き込みを開始しよう。写真が貼ってあるところは見せなければいい。素人《しろうと》には手帳が本物か偽物かなどどうせ見分けはつかないのだから。

海藤はナタを手に女に歩み寄った。

「いい満月じゃないか」

その時、なにかの始まりを告げるように柱時計がポーンと鳴った。

二章　血抜き

1

今日も朝から陽光が燦々《さんさん》と降り注ぎ、窓から見える田園風景は穏やかだった。稲《いね》の穂《ほ》が気持ち良さそうに風に揺れている。

が、対照的に気温が三〇度を大幅に超えた教室は死屍累々《ししるいるい》の態《てい》で、いい加減一人ぐらい倒れるものが出るのではないかと思われる調子だ。

三時間目が終わり、京也《きょうや》が教科書類の丈《たけ》を揃《そろ》えているところに一人の男子生徒が現われた。京也の後ろの席に座っている加倉井《かくらい》という、なんちゃってヤンキーだった。髪を逆立ててはいるが染めるほどの勇気はないらしい。見た目こそ恐ろしいが持ち前のフェミニストぶりからか、クラス内での印象はそう悪いものではない。自称ヤンキーとしてはおそらくありがたくない評価なのだろう。友人ではないが女子たちの次に京也に話しかけてくる率の高い男だった。

「おいてめぇ、暑くねぇのかよその格好。オレはお前の後ろの席にいるんだぞコラ。てめぇのブレザー着込んだ背中が見える度《たび》にオレは死にそうな気分になる。言ってることとわかるよな?」

「ええ、けれど私はこの格好をやめる気は毛頭《もうとう》ありません。あなたが冬まで私の格好を我慢するか、もしくは私の背中を視界に収めないようにして板書《ばんしょ》するスキルを身につけるしか方法はないと思います」

「いや、黒板はうつさねぇからいいのよ」

「なぜです？」

「なぜって、その方がヤンキーっぽいだろ？」

「一つ言わせてもらっていいでしょうか？　あなたのヤンキー観はかなり歪《ゆが》んでいます」

「んっだとコラ！　……なあ。どうすればヤンキーっぽく見えるよ？」

京也はうんざりした調子で言った。

「とりあえず手始めにタバコでも吸ったらどうですか？」

「あんなもん毒だ！　知らねぇのかてめぇ、タバコ一本吸うと血管が収縮《しゅうしゅく》してしばらーく血の巡《めぐ》りが悪くなるんだぞコラ。あんな恐ろしいもん吸えるか！　ったく、少しはものを考えて発言しろよな」

「……長生きしそうなヤンキーですね。あなたに盗んだバイクで走り出すくらいの気概《きがい》はないのですか？」

「窃盗《せっとう》はいかんだろ窃盗は！　……ったくお前って奴ぁ相当なワルだな」

京也はわざとらしく大きく溜息《ためいき》をついた。

「で、何か用ですか?」

「ん? ああそうそう。また来てるぞ。恐ろしいくらいかわいい後輩が。あれ、南雲《なぐも》の妹だろ? なんでまたお前に」

そう言って加倉井《かくらい》は戸口を指さした。たしかにそこには上級生の教室まで来たせいで落ち着かないのか左見右見《とみこうみ》しながら立っている南雲御笠《みかさ》がいた。

京也《きょうや》は隣の席を見やった。花瓶《かびん》に活けられたユリの花が二輪。

あの日から一週間、彼女は学校を休んでいたかと思うと、今日突然登校してきて休み時間の度《たび》に京也の教室まで押しかけてきた。

京也は仕方なしに立ち上がって、廊下《ろうか》まで出た。御笠はこちらの姿を収めるや先手必勝とばかりに息を吸い込んでみせる。

「摩弥《まや》くん! あたし――」

「駄目です」

断る京也はにべもない。

「まだ最後まで言ってないよ」

「聞かなくてもわかるからです。君は今日で三回、私に同じことを頼み込みに来ている。もう君の言うことは予想がつきます」

「それでもッ! それでも摩弥くんと一緒にいたい! お願い。あたしに摩弥くんの隣にいさせてよ！」

　途端に後ろからヒューヒューと口笛を吹く声や拍手喝采《はくしゅかっさい》が巻き起こる。さっきまで暑さで全滅していたというのに色恋沙汰《ざた》の匂いを嗅《か》ぎつけるとゾンビのようにむっくり起き上がるのか。

　左眉が一瞬跳ね上がる。京也なりにかなり機嫌《きげん》が悪くなる前兆だ。

「来てください」

「あっ……」

　御笠の腕を取ると乱暴に歩き出した。トイレの横にある踊り場まで来ると、つかんだ手を離す。職員室が近いせいで生徒はあまりここを通ろうとしない。

「あまり誤解を招くようなことを言わないで欲しいものです」

　御笠はだが一歩も引かないと言わんばかりに立ちふさがった。

「でもッ、摩弥くんのそばにいさせて欲しいの。あたしでも『エクスター公爵《こうしゃく》の娘』って人が襲ってきたとき何か役に立てるかもしれないよ？」

「いえ、君の存在はマイナスにしかなりません。この場合、女である御笠さんが活躍できる機会は非常に少ないでしょう。それにエクスター公は小百合《さゆり》さんの知人から調べていくはずです。妹である君と私が頻繁《ひんぱん》に接触しているところを噂《うわさ》されると、エクスター公はその分早く私を見つけてしまいます」

「それでいいと思う。いつ敵に襲われるかもわからない状態が長く続いて神経が参《まい》るより、短期決戦の方が遙《はる》かにいいはずじゃないの？」

「それはたしかにそうですが――いや、駄目です」

「どうして」

「そんなことをしてもお姉さんは喜びません」

「あたし……お姉ちゃんの仇《かたき》を討ちたいんです。せめてあたしが直接犯人を捕まえたい。駄目なのッ？」

彼女の目にはうっすら涙が浮かんでいた。そうか、まだ一週間しか経っていないんだった。無神経に小百合《さゆり》のことなど口にすべきではなかった。

「復讐《ふくしゆう》とは概して虚《むな》しいものです。やめた方がいい。……さ、ひとまず自分の教室に戻ってください」

「……また、次の休み時間に来るからね」

そう言って腕で顔をぬぐうと、肩を落として彼女は階段を下っていった。

京也《きようや》は廊下《ろうか》を歩きながら自問した。

――私は意地になっているのだろうか？　らしくない。

たしかに御笠《みかさ》といた方が短期決戦で済む。彼女の言い分は正しい。なのによく吟味《ぎんみ》もせずははねつけてしまった。

教室に戻る。加倉井《かくらい》が右手を上げてにやにや笑いながらにじり寄ってくる。

「あー……なによ、その、摩弥《まや》くんよぉ。案外てめぇも鬼畜《きちく》だよなぁ」

加倉井は下世話《げせわ》な笑みを浮かべる。

「どういう意味ですか？」

「姉が亡くなって傷心《しょうしん》の妹に体《てい》よく近づいて、こう、ガバッ！　と喰っちまったんだろ？　隠すなよ。で、遊びのつもりだったが、女の方は初めての男が忘れられなくて教室まで押しかけてくる、と。邪魔《じゃま》ならオレが相手してやってもいいんだぜ摩弥くんよぉ」

どうやら彼の頭の中では随分《ずいぶん》と壮大なストーリーが展開されているらしい。京也は溜息《ためいき》をつきながら目を瞑《つぶ》り、ゆっくり開いた。

「結論します。昼メロの見過ぎだと思います」

「ツンの野郎〜〜〜！　殺す！　ぶっ殺し尽くす！」

「加倉井うるさい〜〜」

暑さでだれた女子の一群が加倉井を激する。

「わ、わりぃ」

しゅんと項垂《うなだ》れたまま加倉井は魂《たましい》が抜けたような顔で席に戻っていった。

タイミングを合わせたようにチャイムが鳴る。

四時間目は授業そっちのけで御笠《みかさ》のことばかりを考えていた。

御笠の有用性と危険性を秤《はかり》にかける。私情は捨てる。自分はブラッディユートピアの同胞《どうほう》を使い捨ての駒くらいに考えている。その帰結《きけつ》はごく当然の方向に転がった。使える可能性があるならば彼女を利用してやればいい。結果彼女が死のうがどうなろうが京也《きょうや》の知るところではない。

大勢《たいせい》は変わらない。手駒が一つ増えただけだ。そう自分に言い聞かせた。

教師が教室から出ていくや京也は弁当箱を引っつかむと、御笠が来る前にと一階の一年教室の廊下までやって来た。

御笠のクラスまで来ると躊躇《ちゅうちょ》せず中に入り込む。

いきなりの上級生の闖入《ちんにゅう》に下級生は泡《あわ》を食ったような顔で囁《ささや》き合う。京也の異様な服装のせいもあるだろう。京也はそれらの視線を泰然《たいぜん》と受け流す。

御笠は探すまでもなく真ん中後方の席で悄然《しょうぜん》としながら頬杖《ほおづえ》をつき、どこかを見るように遠い目をしていた。

似ていた。姉の南雲小百合《なぐもさゆり》に。こうしている時、小百合と御笠が姉妹だということを改めて実感する。

「こんにちは、御笠さん」

ゆっくりとした動作で見上げた御笠の視線が京也を捉える、と、目を白黒させた。

「あ、あれ？　摩弥《まや》くん？」

彼女が勢い込んで机から立ち上がる。京也は御笠の瞳を見た。

「御笠さん、君の覚悟をうけ入れようと思います」

「え？　それってつまり……」

「ええ、しばらく私と一緒に行動してください。ただし一緒にいるからにはスタンガンのようなものを常時携帯していつ敵が襲ってきてもいいように備えて欲しい。持っていないなら貸します。あと一緒に行動するのはあくまで登下校と、休み時間、それだけにしましょう」

いきなり矢継《やつ》ぎ早《ばや》にまくしたてられたせいか、あっけにとられた顔をしながらもなんとか不安そうな声で、

「は、はい」

頷《うなず》くのを見る。ツヤのある髪が揺れた。だがなぜいまになって、という訝《いぶか》るような表情までは ぬぐえないようだ。

「安心してくれていい。ただ、私の中でちょっとした心変わりがあっただけです」

「それってどういうッ――」

「そこらへんの話は座ってしまいましょう」

そこで御笠は初めて二人で立ったまま話していることに気がついた。同時にクラス中が事の成り行きに聞き耳を立てていることにも気づく。

「わ……わかったよ」

音も立てずしずしずと着席。京也《きょうや》も前の席の女子に断って椅子《いす》を借りた。しばらくすると京也たちを気にとめるものはなくなり、どこの教室にでもある喧噪《けんそう》に包まれる。

「これからは休み時間に私が君の教室に出向くことにします。君が私の教室に来ると……その、騒ぎ出す輩《やから》がいるのですよ」

「あ、うん、まあいいけど」

「さしあたって今日の下校時から一緒に帰りましょうか。あっ、いくつか寄りたいところがあるのですがいいでしょうか?」

「……一緒に、下校………」

彼女はポーッとした表情で目があさっての方向になる。

「御笠さん?」

「あっ、いえ、付き合いますよ。あっ! 付き合うってのはお付き合いするって意味じゃなくて――」

「知っています、大丈夫ですか? 体調が悪いなら――」

「大丈夫です!」

「わかりました。では昼食でも食べましょう。実はもう弁当も持ってきています」

そう言って京也は右手に提げ持っていた弁当箱を机の上に乗せた。

「え？　ここで食べるの？」

「ええ」

「同じ机でッ？」

「ええ、何か問題でも？」

そう言って御笠の机の上で包みを解く。御笠は狼狽《ろうばい》して周囲を見渡す。やがて近くに寄りジト目で京也たちを眺めていた女子二人組へと声をかけた。

「明美《あけみ》ちゃんメグちゃんッ、一緒にご飯食べない？」

突然呼びかけられた二人は一瞬顔を見合わせる。やがて遠慮がちにこちらに近寄ってきた。

明美と呼ばれた方は、度がきつそうな眼鏡《めがね》を鼻の上に載せ、髪をふた筋、オサゲに結《ゆ》っている。一見すると真面目《まじめ》そうだが、目元がきつい。メグと呼ばれた溌剌《はつらつ》とした印象あるショートカットの少女には見覚えがあった。葬式《そうしき》で御笠の一番近くに座っていた少女だ。それに葬儀の前にも一度――。

「こんにちは、君たちも一緒にどうでしょうか？」

京也が持ち前の感情のこもらない顔で言うと、明美が眼鏡のツルを押さえながらおずおずと問いかけてきた。

「あの、上級生の方、ですよね？　御笠とは、その、どういう関係なんですか？」

「直截《ちょくせつ》的な問いですね。……そうですね、お友達といったところです。ああ、遅れました、私は摩弥京也《まやきょうや》と言います」

明美《あけみ》は怪訝《けげん》な表情を作り、無遠慮に視線を俯《うつむ》けている御笠《みかさ》と表情のない京也の間で往ったり来たりさせた。やがて、肩を落とすと、

「わたしは荻原《おぎわら》明美、御笠のしんゆーです。ねぇ……恵《めぐみ》どう思う。どうもわたしにはこの二人が友達って風には見えないんだけど」

水を向けられた恵が驚いた様子で「えっ？」と問い返した。よく聞いていなかったのか彼女はそれきり気まずそうに沈黙する。

「新谷《しんたに》恵さんでしたよね？　お久しぶりです」

「あ……あはは。その節はども」

「あのことはお互い忘れましょう。私も忘れることにします」

「ええ、恵ももう気にしてませんから」

つくろった表情でそう言うと、無理矢理口を笑みの形に開かせた。こんな風に笑うのか、と京也は思った。彼女は笑うとコケティッシュなえくぼができる。

昔出会った時は彼女は極度に緊張していて、笑うどころではない状況だった。

「あれ？　摩弥くんと、メグちゃんって知り合いなの？」

御笠が尋《たず》ねる。

「うーん、まあね。ちょっと昔にね」

「ね？　どう思うよ恵《めぐみ》、この二人友達に見える？」

再度明美《あけみ》が問いかけた。質問の主旨《しゅし》をようやく理解したのか恵は苦笑を浮かべつつ、わざとらしく考え込んでみせる。

「友達同士って雰囲気じゃないよね。忌憚《きたん》なく感想を言わせてもらえば……恋人同士――」

「え、え～～！」

御笠《みかさ》が手を広げてあたふたさせた。

「――にすら見えない。なんだか誘拐《ゆうかい》犯とその人質って感じかなぁ」

「うっわ、なにその評価」

「ちなみにどちらが誘拐犯ヅラなのかお聞かせ願えますか？　後学《こうがく》のための参考にさせていただきます」

「いやだなぁ摩弥《まや》センパイ、みなまで言わせるつもりですかぁ？」

恵が、のぞき込むようなにやにや笑いを浮かべる。

――この女……。こんな性格だったのか。

と、横で明美が一つ溜息《ためいき》をつく。

「まあ、どういう関係かは知らないけど悪い人じゃなさそうだからいいけどさ。でも御笠目当てならやめた方がいいよ。御笠につく悪い虫はいつもわたしたちが払ってるからね」

「まだ払われていないということは私は合格ということですか？」

「保留。悪い虫予備軍ってところかな。たとえて言うならゲジゲジ」

「厳しい方だ」

「いい加減二人で座ってないで、恵たちにも場所譲ってよ」

恵と明美はササッと机の両サイドを占領し、自分たちの弁当を広げた。

「よし、じゃあ親睦《しんぼく》会も兼ねて楽しくお弁当でもつつき合いましょうか」

明美が音頭《おんど》をとるように笑みを浮かべながら言った。

「うっ、……恵の弁当なんか見ても楽しくないよ」

恵が横目で京也を窺《うかが》いながら嫌そうな顔をした。

「弁当にはその人の人となりが出るって言うからね。つまり、弁当を知らばその人を知ると同じこと！　というわけでトップバッターは言い出しっぺのわたしが——」

そう言って明美は蓋《ふた》を開ける。封入されていた香ばしい醬油《しょうゆ》の匂いが漂《ただよ》った。

明美の弁当は俗に言う海苔弁《のりべん》だ。おかずはだし巻き卵にきんぴらごぼう、そしてひじきの和《あ》え物と、人となりを表しているかどうかは不明だが、至って素朴《そぼく》な内容だった。

「ささ、恵も恥ずかしがらずに。どうせいつも通り冷凍食品ばっかなんでしょ。期待してないから隠すな隠すな」

「むぅ～、当たってるけどさぁ」

やけくそのように恵が弁当箱を開く。春巻きにハンバーグ、ナポリタンにグラタンの包みと、たしかに統一もなく冷凍食品らしいものばかりだった。

「な、なんですか摩弥《まや》センパイ、その顔は」

「……私はいつもこんな顔です」

恵《めぐみ》は不満げに唇を尖《とが》らせた。

「フン、いいですよ～だ。どうせ恵は御笠《みかさ》ちゃんの弁当の華麗さを披露《ひろう》するための前座ですから」

「バレてたか。ゴメンね恵、さ、真打《しんうち》の御笠の弁当を見てもらいましょうか。摩弥センパイきっと驚きますよ～」

「それは楽しみですね」

「そ、そんな期待するものでもないですよ、今日はちょっと手抜いちゃってますし、それに――」

「はいはい、御託《ごたく》はいいから、はいご開帳《かいちょう》～～」

明美が奪い取るように中を開けた。

「こ、これわぁ～～！」

「いや～ん、眩《まぶ》しいぃぃ」

明美と恵が眩しそうに両手のひらを顔の前に翳《かざ》した。おそらくなにがしかの料理漫画の真似だろうか。実際に料理が光り出すわけがない。

ケチャップご飯と炒《い》り卵ご飯の二色弁当だ。具は揚げシューマイにツナのピカタ、ほうれんそうとベーコンのソテーが脇にかわいらしく添えてある。

「ど、どう思う摩弥くん？」

「有《あ》り体《てい》に言って食指《しょくし》が動くメニューだと思います。料理、お上手《じょうず》なんですね御笠さん」

「えっ、ホントですか？　こんなの序《じょ》の口《くち》だよ摩弥くん。あ、明日こそは本気で作ってくるよ」

「明日から無駄に弁当が豪華になっていく様が目に浮かぶようだわ……ま、食う側は別に困らないからいいんだけどね」

「さ、じゃあ最後は摩弥センパイだけだね。恵は冷凍食品だらけでも笑わないよ」

「私のはウチの妹が作っています。別にこれと言って特筆《とくひつ》すべきものではありませんよ」

言いながら開けた弁当の中身を見て、三人が三人とも腐ったものでも見るような目で、いっそ凄惨《せいさん》なまでに顔をしかめた。

「うっ！」「ゲッ！」「う……うわぁ」

「どうかしましたか皆さん？」

明美が、嫌々《いやいや》弁当を指差す。

「あ、あの摩弥センパイ……？　そのさくらでんぶで描いてある、は、はーとまーくはなんですか？」

京也は言われて気付いたように、

「ああ、妹はなにかにつけてこれを入れるんです。今日のはわかりやすいですが毎回必ずどこかにこのマークが入ってます。昨日はおにぎりの具の鮭《さけ》フレークがハート型でした」

「摩弥《まや》くん。い、妹さんとは血は繋《つな》がってるの？」

「ええ、繋がっていますよ」

「危険な匂いがする……恵《めぐみ》、御笠《みかさ》！　この話はこれでおしまい！　これ以上藪《やぶ》をつっつくととんでもない毒大蛇《どくだいじゃ》が飛び出してきそうでわたし怖いしッ」

「賛成ッ」

その後、和《なご》やかな雰囲気の下、弁当の交換試食会が行われたが、なぜか京也《きょうや》の弁当だけは意図的に食べるのを避けられていた。食事中何度も弁当を勧めたが、彼女たちは首をちぎらんばかりに振って固辞《こじ》した。

2

御笠《みかさ》は大きく溜息《ためいき》をついた。

鐘《かね》が鳴り、京也が「ではまた放課後に会いましょう」と言って教室を出て行った後が大変だったのだ。

「ねぇ、あんたら付き合ってんのッ？」「いつ、どこで出会ったのか教えて欲しいなぁ」「はあ？　親友の私たちに隠しごとするわけぇ？」「黙秘《もくひ》するとはいい度胸《どきょう》だね。逃がさないよぉ」

「チッ、チャイムが鳴りやがった。ゴングに救われたわね」「じゃ、次の休み時間までになれそめを千文字以内に要約しておいてね。はい、これ原稿用紙」

御笠は親友二人から厳しい尋問《じんもん》にさらされて疲労困憊《こんぱい》していた。なんとか五時間目の休み時間はしのいだがこのまま放課後までつかまってしまったら大変なことになる。

出会い、いまに至るまでの経過。

恵に聞かれて御笠は思い出した。羞恥《しゅうち》のあまり恵に渡されていた原稿用紙を握りつぶす。まさか出合い頭《がしら》に抱きついたなんて言えるわけがない。

放課後になると、逃げるように教室を飛び出した。後ろから「逃げるな」やら「裏切り者」などの罵詈《ばり》雑言《ぞうごん》が飛んできたが聞こえないふりをする。

階段を駆け上がろうとしたとき、ふいに人にぶつかって後ろに数歩よろめいた。謝《あやま》ろうとしてぶつかった人物を見上げる。

京也だった。

「あっ、摩弥くん」

こう近い位置で二人話していると、どうしても出会ったときのアレを思い出す。

彼はどう思っているのだろうか？　変な娘《こ》だって思わなかっただろうか？

ずっと気になっていた。目の前の京也は表情に乏《とぼ》しいのでアレをどう思っているのかは推《お》して知るしかない。微塵《みじん》も気にしていないかもしれない。

――あたし一人で悶々《もんもん》として、なんだか馬鹿みたい。

だが、京也《きようや》のそばにいると不思議な安堵《あんど》を覚える。まだ二回しか会ったことがないというのに。

やがて凍り付いた時が溶け出したように京也の目が優しげに細められた。それを見ただけで御笠《みかさ》は胸を締め付けられるような動悸《どうき》に襲われる。

「やあ、御笠さん。いま私も君の教室に行こうとしていたところです」

「あ、あたしも」

「じゃあ帰りましょうか」

校門を抜けると、もうそこは水田だらけの光景だ。舗装《ほそう》されてない道路はあちこちひび割れていて、風のゆき過ぎる声が聞こえる。下草がそれに応えるように身をくねらせた。御笠は髪を押さえ、先を歩く彼の背中に話しかける。

「今日はごめんなさい、明美《あけみ》ちゃんとメグちゃん、二人とも悪気はないんだよ」

「いえ、いいお友達をお持ちですね。久しぶりに賑《にぎ》やかな昼休みでした」

「そういえば……摩弥《まや》くんとメグちゃん知り合いなんだよね?」

「……そうです」

「どういう関係なのかな?」

御笠は好奇心丸出しにならないように抑えめに、いかにも気のない風で尋《たず》ねた。

本当は最初あの二人が知り合いだと知ったときからずっと気になっていた。恵《めぐみ》本人に聞いてもはぐらかされてしまったので、京也に聞くよりほかにない。だが京也から返ってきた答えは驚くべきものだった。

「一カ月ほど前、彼女に告白されました」

「えっ？」

御笠の足が思わず止まる。京也がゆっくりと振り返った。その顔に感情の色は窺《うかが》えない。

「摩弥くんは……なんて答えたの？」

声が詰まりそうになる。

一陣の風が二人の間を強く吹き抜けた。

「残念ながら丁重《ていちょう》に断りました。新谷《しんたに》さんにはいま現在ひどいことをしている。御笠さんの友達だとは知らなかったもので。彼女としては私のことなど早く忘れたかったでしょう」

「そう……なんだ」

学校にいる間、明美と一緒に質問攻めにしてきた恵には、ふられたなんていう素振りはまったく見られなかった。

それを聞いて心に浮かび上がってきた感情に嫌悪《けんお》を覚える。

――なんだろ、安心してるのかな？　嫌だな、そんなあたし。

その後、御笠《みかさ》はただ彼の隣を歩いた。会話は少なく思い出したように御笠が尋《たず》ねて、短く京也《きょうや》が答える。なぜか気まずい沈黙ではなかった。

そのまま横を並んで歩き、どこに行くのだろうと思いつつ、着けばわかると思ってあえて尋ねなかったがそれが徒《あだ》になった。国道沿いを道なりに進んで目抜き通りに出る。月森《つきもり》市の中央の方まで徒歩で出てきていた。

結構な強行軍だった。おかげで足が棒のようだ。横を行く京也の背筋はぴんと伸び、足取りはしっかりしたものだ。特定の部活にも入っていないらしいのに凄《すご》いなとかすかに尊敬の念を抱く。

彼は真っ赤な門柱を越えて中華街の中に入っていった。中は一際《ひときわ》人が多く、京也とはぐれそうになるが、その度《たび》に彼の真っ黒なブレザーが目につく。ついに堪《こら》えきれず京也に尋ねる。

「ねえ、摩弥《まや》くんどこまで行くの?」

「ええ、実は昨日の夜ここで携帯をなくしましてね。随分《ずいぶん》探したんですけど見つからなくて、明るいうちにもう一度探しに来たんです。できれば御笠さんにも探すのを手伝ってもらいたくて」

「み、見つかるのかな? この人込みの中……」

京也には悪いがこの中で落とし物などしたら、たとえ拾われていなくても見つけるのは絶望的に思う。

「いえ、実はある程度目星はつけてあるんです。私はあっちのお店を探すんで、君はあそこのお店をお願いします」

そう言って京也が指さしたのが『姑娘《クーニャン》』という中華まんの店だった。京也はそう言うが早いがさっさとどこかに行ってしまう。

よもやデートだと想像していたわけではないが、なんだか人込みの中に放り出されると途端に寄る辺《よるべ》ない気持ちになってくる。

『姑娘』の店員をつかまえて落とし物の有無《うむ》を尋ねてみる。が、やはりなかった。

一見して地面にも落ちている様子もない。わずか数十秒で探すところがなくなった。と、ふと店の前に大型のゴミ箱が設置されているのに気がつく。まさかとは思いながらも手持ちぶさたも手伝って中を覗《のぞ》き見る、と、そこに携帯電話の頭がゴミの山から露出《ろしゅつ》していた。

手に取ってみる。フリップ付きの型落ちしている安物の携帯だ。

「本当に摩弥くんの携帯かな」

そんな疑問が浮かぶ。周りを見て、京也の目がないことを確認すると、ちょっと中身を覗いてみる。なんだかプライバシーをのぞき見しているようで気が引けた。彼の携帯だと確認できたらすぐに閉じよう。

アドレス帳に目がいったところで彼女は凍り付いた。アドレス帳には十件にも満たない登録しかない。別にそれ自体は驚くことではない。ただ、アドレス登録者の名前が異様だった。スターマインに始まり、SAKU、エピゴーネン、屍《しかばね》なんていう名前が連《つら》なっていた。ニックネームにしては少々おかしい。大体普通自分の家族なんかを真っ先に登録しているはず。自分の家族にこんなニックネームを使うだろうか。

心臓が高鳴った。ちょっと覗くだけのつもりが、つい受信したメーラーボックスにまで手をかける。開いて愕然《がくぜん》とした。

ない。一通も受信されていない。おかしい。

けれども折悪《おりあ》しく全部削除しただけかもしれない。大体こうなってくると京也のものでない可能性もある。

「見つかりましたか？」

突然後ろから声が掛かって、反射的に振り向いた。いつの間にか摩弥《まや》京也《きょうや》の影が御笠《みかさ》に覆《おお》い被《かぶ》さっていた。なぜか冷や汗が頬を伝う。

「こ、これ見つけたんだけど、摩弥くんのかな？」

「ええ、そうです。ありがとうございます」

え？　と声に出してしまった。

「本当に？　よく似ているとかじゃなくて」

「……どうしてそんなことを聞くんですか」

彼の目がすっと細められる。

「ううん、そうならいいの。良かったね摩弥くん」

彼の相好《そうごう》がゆっくり崩れた。表情の変化がわかりづらいくらいの小さな微笑だった。

「ええ、ありがとうございます。君に頼んで正解だった」

御笠の中には何か釈然《しやくぜん》としないものが残った。


京也にお礼がしたいと言われれば断るわけにもいかず、噴水公園までひきずられるように来ると、彼は屋台からクレープを二つ買って戻ってきた。

噴水の縁《へり》に腰掛ける。丁度《ちようど》水が噴き出し、辺りに散水する様は、目を楽しませてくれる上に納涼《のうりよう》になる。

すっかり日は傾き、京也と御笠の影が長く伸びる。雲間から紅い光がのぞいていた。

御笠は隣の京也を見やった。斜陽《しやよう》に照らされ、目鼻立ちのはっきりした顔に陰影が浮かび上がる。

なぜか体を硬くする。クレープを舐《な》めるようにしながらゆっくり食べた。味がわからないくらいに緊張している。今日一日あまり話が弾《はず》んだ記憶がないので、御笠は自分が男性とまともに話をしたことがないことを見透《みす》かされているんじゃないかと気が気じゃなかった。

ここまで来ると完全に月森《つきもり》市の中央だ。オフィスビルが並び、人の行き交いも、ひなびた市の端っこに比べると天と地ほどの差だ。

噴水の中で遊んでいた子供たちがちらほらと親に手を引かれ帰り始める。御笠《みかさ》は名残惜《なごり》しむかのようにクレープ最後のひとかけらを口に放る。

日が長いとはいえ、そろそろ帰らないとまずいだろう。御笠がそろそろ帰ろうかと口にしようとしたとき、黙って人の流れを見ていた京也《きょうや》がやにわに口を開いた。

「ここは、最初の死体発見現場になった場所です」

今日初めて彼から話題を切り出されたこととも相まって、へどもどしてしまった。彼の黒瞳《こくどう》がこちらを見据える。彼は続ける。

「ここで西條《さいじょう》忍《しのぶ》という女の人が殺されて見つかったらしいです。死体は切り刻まれて噴水に投げ込まれていたそうです」

御笠は一瞬その姿を想像してしまった。自分の背後でしぶきを上げる噴水が一瞬ひどく不浄な存在《もの》に思え、寒気を覚える。

「摩弥《まや》くん、どこでそんな情報を……そんなことニュースじゃ言ってなかったよ」

「忘れてしまいました。どこぞの週刊誌だったような気もします」

彼は肩をすくめてみせると、逆に聞いてきた。

「君は犯罪を憎むべきものだと思いますか?」

「あっ、当たり前だよ。じゃなきゃ犯人を捕まえようなんて思わないよ」

突然そんな当たり前のことを聞かれて噛みつくように反論していた。

「じゃあ仮に私が殺人犯でしかもその真実を知っているのは御笠さん、君だけだとする。君は私をどうしますか？」

　なぜか御笠に挑戦するような調子になって言う。

「それは……どうしてそんな意地悪なことを聞くの」

「君の正義を試しているんです」

「………うん、あたしは自分の良心に従って摩弥くんに自首《じしゅ》を勧めると思う」

「自首を勧める？　私に殺されますよ」

「殺しません。摩弥くんはそんな人じゃないから」

　彼は面食らったような顔をした。だがすぐに表情は翳《かげ》り、

「いいえ、私は君を殺します。君が犯罪を憎むべきものとするなら、君は私の殺人に至る経緯《けいい》や背景など気にせず警察に申し出ないといけません。話し合いなどもってのほかです。君はその時が来たら自分の正義を貫《つらぬ》きなさい御笠さん。情に流されてはいけない」

　京也は御笠に何かを伝えようとしているように見えた。

　諭《さと》すような言い方に疑問を覚えながらも御笠は頷《うなず》いた。すると彼は嬉《うれ》しそうに目を細める。

笑みと呼べるかどうかもよくわからない表情の動きなのに、それだけで男性に免疫《めんえき》のない御笠が恥ずかしさで顔を背《そむ》けるくらい魅力的だった。

　彼は空を見ながら気のない調子で言った。

「君は日に日に犯罪が凶悪になってきていると思っていませんか?」

「思ってるけど、違うの?」

「違います。戦後間もないころに較べると殺人の件数は約半分近くになったという調査結果が出ています。確実に世の中はよくなっている。だが、大部分の人間はそうは思っていない。どうしてかわかりますか?」

御笠《みかさ》に至ってはまったくわからないのだが、少しは考えるフリをしないと京也《きょうや》との会話が突然終わってしまいそうで怖かった。

「ヒントを出しましょう。君は直接殺人現場に居合わせたわけでも被害者から直接話を聞くわけでもない。なのになぜ事件が起きたことを知っているんでしょうか」

京也の口調は先生ができの悪い生徒にこんこんと説くような印象を与える。

「そりゃ、テレビや新聞で……」

「そう、テレビや新聞。いわゆるマスメディアです。それが答えですよ。マスコミの過剰《かじょう》報道が大衆を不安にさせているんです」

「あっ……そうなんだ。じゃあマスメディアが情報操作をしている、ってこと?」

「情報操作……ある意味ではそうでしょう。戦後は誰もがお金がない貧しい時代だったのは知っていますね? 殺人や強盗や凶悪犯罪は頻繁《ひんぱん》に起きていましたが、新聞もテレビにもそれを熱心に追うお金や余裕がなかったんです。凶悪犯罪が起きても紙面の片隅にひっそりと載るだけだった。だが現在日本は経済大国の一つに数えられるようになり、資金も潤沢《じゅんたく》だ。だから一つの凶悪な事件が起こると一週間はマスコミがむらがり繰り返し報道する。繰り返し報道することにより大衆は犯罪が増加して凶悪になってきていると思い込むわけです。現代では、情報を素速くメディアから受け取ることができる反面、情報の偏向《へんこう》問題も起こってきています。これも一種の情報化社会の禍福《かふく》ですね」

「じゃ、じゃあ実際は治安《ちあん》はそんなに悪くなっていないってことだよね？」

大人しい結論に落ち着きそうで胸を撫《な》で下ろしかける。

「どうなんでしょうね。自分で振っておいてよくわからないというのが本音です。かつて波《は》及《きゅう》した『オヤジ狩り』などは明らかにマスメディアの報道のせいで大量の模倣《もほう》犯、つまり真《ま》似《ね》をする人間を出しました。ただ一つ言えることは——」

彼の眼光が鋭く細められた。

「この街、月森《つきもり》市は異常です」

腹の底から低く唸《うな》るような声で言った。その様子に御笠は思わず息を飲む。

「昨年月森で起きた犯罪、強盗や殺人などの件数はちょっと異常なんですよ。この件数は近隣の大都市とほぼ同数です。これはとても異常な比率なんですよ。偉《えら》い人がこう漏らしたらしいですよ。『この街は異常者の街だ』とね」

「そんなっ！」

御笠《みかさ》は辺りを見回した。ＯＬ三人組が肩を並べて歩き、老年カップルが噴水端で憩《いこ》う、くわえ煙草《たばこ》をしながらおどおどと挙動不審に歩く背広の男にベビーカーを押す主婦。何気ない日常だ。

御笠は母方《ははかた》の実家の長野《ながの》や、東京《とうきょう》の方に何度も顔を出したことがある。この風景は他のどの街でも大同小異《だいどうしょうい》見られる光景だ。

とてもこの街が異常者の街だなんて言われて、はいそうですかと受け入れることはできなかった。

「不安にさせてしまったのなら申し訳ない。あくまで統計的に、です。異常者の街、という言い方はいかにもまずかったかもしれません。訂正しますよ——さあ、そろそろ帰りましょうか」

言われて辺りが薄暗くなってきていることに気がついた。あっという間に時が過ぎてしまった。彼が立ち上がりクレープの紙ゴミをくず箱へと放った。

——あっ、もう終わっちゃうんだ。

心の中にすきま風が吹き込むような寂しさを覚えた。そう思ったとき、咄嗟《とっさ》に彼のブレザーをつかんでいた。まるで引き留《と》めるような行為に彼がかすかに意外そうな顔をした。

「御笠さん、どうかしましたか？」

御笠は決意を込めて言う。

「あのあのっ……摩弥《まや》くんッ、携帯電話のアドレス教えてッ！」

3

翌日、昼食時になると京也《きょうや》が音もなく教室に入ってきて、典雅《てんが》な挙措《きょそ》で前の席の女子から席を奪い取る。奪い取られた方はたまったものではないだろうが、あたふたと困った表情を浮かべるとどこかにそそくさと去っていった。御笠は哀れで仕方がなかった。

きっと今朝の自分もあの少女のような表情を浮かべていたのだろう。

今朝の登校時、家の門の前の陰からのっそりと京也が現われたとき、御笠は飛び上がらんばかりに驚いた。急いで自分の髪が跳ねていないかさりげなく手櫛《てぐし》を入れ、リボンが曲がっていないかと身づくろいをした。登下校を一緒に、とは昨日言っていたが、登校についてはあれ以来なにも言ってこなかったのですっかり忘れているのだと思っていた。どうやら彼は有言実行男のようだ。

なんだってこんなことに。彼はこれから毎日迎えに来るつもりなのだろうか。これではどっちが守られているのかわかったものではない。

横目で京也を見る。京也は昨日からひっきりなしにメールが届くようで、デフォルトの無骨な電子音がメールの着信を告げるたび携帯に目を落としている。たしかにあの時、盗み見た携帯の受信トレイにはメールが一通もなかったはずなのに。

そんなことを思案していると、彼が横目でこちらを覗き込むように見に来た。視線が絡んで気恥ずかしくなり急いで目を逸《そ》らす。

御笠《みかさ》は噴水公園で言われた京也《きようや》の台詞《せりふ》をベッドの中で吟味《ぎんみ》していたせいで昨夜は寝が浅かった。

最初彼に会ったときなんて冷たい目をする人だと思った。ただ、こうして彼と一緒にいることで彼の違った側面も見えてきた気もする。

随分《ずいぶん》と知的でその見かけによらず話し上手《じようず》だったし、彼には不思議な魅力があった。

京也の犯人捜しに御笠は協力している。姉の無念を晴らしたいという気持ちは勿論《もちろん》あったが、果たして京也以外の人間が、犯人捜しをする、と言っていたら御笠は自発的に手伝おうなどと思っただろうか？

いまの彼の手には弁当の包み以外にもう一つ、提げ持たれているものがあった。ビニール袋から浮き出るシルエットは手のひら大の塊《かたまり》。

「さあ、昨日約束していたこれを持ってきました」

そう言って弁当ではない方を手渡す。昨日何を約束したのかまるで覚えがない。

――まさか。摩弥《まや》くんがあたしにプレゼントなんかくれるわけない。

おそるおそる中身を見る。肩越しに興味津々《しんしん》の明美《あけみ》と恵《めぐみ》も中を見た。

最初それが何かよくわからなかった。だが、それが何かわかった途端、勢いよく袋を閉じる。スタンガンだ。メタリックな黒白《こくびゃく》のフレーム。この形状はテレビドラマなどで見覚えがある。一見するとテレビのリモコンのように平板《へいばん》なのだが、先端に金属突起《とっき》が付いている。たしかに昨日教室に乗り込んできて一方的に武器を携帯しろと言っていた。ないなら貸してやる、とも。けれど、

「ま、摩弥くんッ？　こんなの学校に持ってこないでよ」

「早い方がいいと思って、君に持っていてもらいたかった」

「ねぇ、いまのなんだったの？」

「もしかしていまの……」

親友二人が怪訝《けげん》な顔で御笠に問いただす。これを見られたら大変なことになる。が、いかんせんジト目で睨《にら》む彼女たちを騙《だま》しきる自信がない。御笠は進退きわまって京也に助けを求めた。口に出すわけにはいかないので哀切を込めた目で訴えかける。

すると、意を汲《く》んだのか京也はゆっくり頷《うなず》くばかりではなく、彼女たちに見えないように親指を立ててみせた。

任せろ、ということだろう。

——摩弥《まや》くん、ありがとう……。

「実は、それはシェーバーです」

無理があるだろう。

なんで御笠《みかさ》がシェーバーを持たないといけないのか。明美《あけみ》や恵《めぐみ》のみならず、聞いた御笠本人まで口をポカンと開けてしまう。そんな視線など意に介さず、京也《きょうや》は続ける。

「私は昨日御笠さんに相談を受けたんです。最近ヒゲが生えてきて困る、と。なので私が自宅からこっそり彼女用にシェーバーをみつくろって持ってきたんです」

ひどすぎる。なんて無理のある誤魔化《ごまか》し方だろう。

「えええぇぇ〜〜〜！　御笠、あんたヒゲ生えてるの？　男性ホルモン濃すぎだよ」

「ご、号外だ〜〜、御笠ちゃんにヒゲが生えちゃった。校内二百人の御笠ファンに伝えなくっちゃ〜〜」

言うが早いが二人は教室を飛び出して弾丸のように駆けていった。おそらく近隣のクラスに言いふらしに行ったのだろう。御笠は暗澹《あんたん》たる気分になった。

「あっ、あたしヒゲなんか生えてません！」

「知っています。彼女たちを誤魔化すには君にヒゲが生えている方が都合が良かった」

無茶苦茶な言い分だ。

「本当は拳銃型の射出式《しゃしゅつしき》スタンガンを持ってきたかったんですが、よく考えるとあれは昔誰かにあげたんでした。申し訳ありませんがこれで我慢してください」

「今更《いまさら》だけど、摩弥くんって変な人」

「なぜかたまに言われます。なんででしょうね。私はなるべく普通に見えるように振る舞っているつもりなのですが」

「ねぇ、本当に犯人は摩弥くんを狙ってくるの？」

「ええ、確実に相手はアクションを起こすでしょう。御笠さんもすれ違う人間すべてが敵だと思ってスタンガンをかまえておいてください」

「ぶ、物騒《ぶっそう》なこと言わないでよ摩弥くん」

「……君がこの調子では一人気を張って行動している私はいい道化《どうけ》ですね」

その時、クゥ～、とオットセイが低く唸《うな》るような音が聞こえてきた。音の発信源は京也の腹の虫だ。彼は空咳《からせき》を一つすると、

「彼女たちはまだ戻ってくる様子がないので先にお弁当を食べていましょうか」

わずかに彼の頬が赤くなっている。それをつくろうように京也・妹のお手製弁当を取り出した。

御笠も今日のために、腕によりをかけて作った力作弁当を机の上にドスンと乗せる。彼の左眉が一瞬跳ね上がった。

「御笠さん、一体それはなんですか？」

「いや、がんばりすぎたらいつの間にか、その、重箱《じゅうばこ》三段になっちゃったんですよ」

「その重箱の中段からはみ出しているのはもしかして……カニの脚ですか？　そうなんです

ね御笠《みかさ》さん。私はお弁当にカニなんて寡聞《かぶん》にして聞いたことがありません」

「……まあ、その、重箱に入らなくて……チラリズムってやつだと思えば」

「おそらくその日本語は使用法が間違っています」

重箱三段の偉容《いよう》を見て京也《きょうや》は絶句している。

もしかして引かれているのだろうか？

「や、やっぱり摩弥《まや》くんのお弁当には今日もハートマーク入ってるんだよね？」

急いで話題の矛先《ほこさき》を京也の弁当に向ける。

「入っていなかった日はいまのところありません。御笠さんも一緒に探しませんか？　慣れてくると楽しいですよ」

いまのは彼流のジョークなのだろうか。そんなものに血道《ちみち》をあげてみせるほど御笠の青春は末期的ではない。

彼は弁当を開けて首を傾《かし》げる。

「おかしいですね。今日はありません」

不思議だ、と言いながら首を捻《ひね》っている彼の傍《かたわ》らに転がる弁当箱の蓋《ふた》を見て御笠は鳥肌が立った。

「ヒッ、摩弥くん、ふたッ、フタッ！」

京也が放り出した弁当箱の蓋、その裏に一面びっしりと一ミリ大のそぼろがハートマークに張り付いていた。じんましんのようでとてつもなく気持ちが悪い。

「ははは。妹も段々手が込んできましたね。御笠さんも一口どうですか？」

「いりません！」

「そう言わずに一口だけでも」

「い・り・ま・せ・ん！」

「………そうですか、それは残念です」

その後、明美《あけみ》と恵《めぐみ》が戻ってきたが、案《あん》の定《じよう》二人の弁当を見てドン引きした。やはりカニが悪かったのだろうか。御笠にとって課題が多く残るランチタイムだった。

4

京也と御笠は今日は、第二の死体発見現場である月森《つきもり》を訪れた。月森は巨大な樹林《じゆりん》だ。地図を見ると市の丁度《ちようど》中央に楕円《だえん》形の林が横たわっている。森の周りを近代的なビルに囲まれているのと対照して中央の月森だけは開発や伐採《ばつさい》の手が入らないまま、時折散歩好きな住民が訪れる景勝地《けいしようち》になっている。

昔はこの山に神霊《しんれい》的な何かをまつっていたらしくて、現在でも決して少なくない人間が神霊の存在を信じていると聞く。山の中腹には小さな社《やしろ》が建ててあった。

切り刻まれた死体はその祠《ほこら》の中に押し込まれていたらしい。

行く途中、御笠《みかさ》がゴネて仕方がなかった。しかし、彼女の言い分ももっともだ。夏場のうだるような暑さの中、傾斜は緩《ゆる》やかとはいえ山を登るのだ。おまけに今年はヤブ蚊の当たり年のようで、空を見上げるだけで無数の黒い点となって空を覆《おお》い尽くさんばかりに飛び交っている。彼女が着用している夏服からは綺麗な二の腕が伸びておりスカートの丈《たけ》も短い。ヤブ蚊に餌《えさ》を提供しているようなものだ。

彼女が大量な発汗《はっかん》をぬぐいながら肩で苦しげに息をする様は京也《きょうや》の中にあるサディスティックな悦びを刺激する。と同時に、こんな倒錯《とうさく》した形でしか興奮を得られない自分自身に殺意が湧く。二つの背反《はいはん》した感情が脳内を駆け回っていた。表情にでないように気を遣う。

曜日のせいか時間帯が悪いのか、途中で誰ともすれ違うことがなかった。京也はやろうと思えば隣を歩く彼女を数瞬で絞め落とすこともできるし、また、ポケットに突っ込んだ右手からバタフライナイフを閃《ひらめ》かせて彼女の左乳房の下あたりに強く突き入れることもできた。彼女は京也の危険性にまるで無頓着《むとんちゃく》だった。なぜかそれがひどく腹立たしくなることもある。

やがて社《やしろ》に着いた。幽霊の類《たぐい》をまったく信じていない京也でもその祠の前まで来ると、不思議と冷気じみたものを背中に感じる。

ところどころ色が剝《は》げた朱塗《しゅぬ》りの祠《ほこら》は周りの光を吸収しているように暗い。御笠は怖いと言って近づこうとしなかった。

京也は一人祠を調べたが、もうすでにすべてが片づけられた後なので有力な手がかりは得られなかった。昨日の噴水の時と同じだ。

エクスター公爵の娘のやることは死体を噴水に投げ込んだり祠に押し込んだりと、なにか儀式的な匂いを感じさせる。ミステリ小説などでは死体を分割するのはバラバラにして運びやすくする意味合いが強いとされる。もう一つは捨てるときも死体を分散して処分することができることだろう。変わったものではバラバラ死体を別のバラバラ死体のパーツと交換する、などといったものもあったか。さすがにこれはないだろう。

エクスター公は解体した死体を一カ所に集めている。だとすると死体を切り刻む理由《メリット》は切り刻むこと自体に快楽を覚えているか、先刻の儀式殺人のいずれかだと推断される。

だが、いまの段階ではそれ以上のことはわからなかった。

京也はもう少しここにいたかったが、御笠に引きずられるような形で下山することにした。

山を下りる途中、ふと突然御笠がその場にかがみ込んだ。熱射病で立ちくらみがしたのかと思ったが、彼女にワケを聞くと、「足が疲れた。摩弥くんのせいだ、おぶって」とふて腐れたように言う。

彼女は意外と軽かった。背からずり落ちないよう彼女の汗ばんだ太股《ふともも》を両手で支える。歩くたびに形の良い胸が京也の背に押しつぶされては扁平《へんぺい》になる。

背負われてから彼女は一言も京也《きょうや》に話しかけてこない。彼女の浅い息遣いが耳に掛かった。

京也もただ沈黙が流れすぎるままにまかせた。彼女がいまどんな表情をしているのか窺《うかが》えない。

しばらくして先にこの妙《みょう》な雰囲気に耐えられなくなったのは京也だった。

京也は自分から話しかけなければならないという義務感に駆られたのだ。なぜか異常な発汗《はっかん》が見られる。この瞬間の沈黙はなぜか京也には耐え難いものだった。

だがなんと言って話しかければいいのか皆目見当《かいもく》がつかない。そもそも京也は自分から女性に話しかけた経験などほとんどない。

そういえば、と彼は思い出す。女性は自分をより綺麗に見せたがる生き物だ。ならば彼女の外見を褒《ほ》めてやればよいのだ。よし、会話の糸口としては悪くない。それでいこう。

「御笠《みかさ》さんのおっぱいはおそらくお椀《わん》型、非常に形が良い。その上、弾力も申し分がありませんね」

直後、後ろから伸びてきた指に目潰《めつぶ》しを喰らわされた。

「ぐあぁッ！」

5

彼女に再び同じ店でクレープをおごらされ、それでその日は解散になった。

筋トレを終え、現在陽は完全に落ち、夜の十時を回ったところだ。京也は自分の部屋で壁に貼った月森《つきもり》市一帯の地図と携帯電話を交互に睨《にら》んでいる。地図は昨日貼った。丁度《ちょうど》月森市全域をカバーしているのでこれが一番都合が良かった。

彼は携帯電話を見ながら右手にマジックペンを握り、地図に×印の書き込みをしていく。

ＰＣにはブラッディユートピアの同胞《どうほう》からひっきりなしに情報を告げるメールが届いていた。

京也は聞き込み組には、地区ごとに分担させ質問マニュアルを書いたメールを送りその通りに質問させた。だが質問マニュアルはほとんど意味がない内容だ。これは前置きのようなものだ。そして質問の最後に「最近似たようなことを聞きに来た人間がいませんか？」と尋《たず》ねさせ、さらに見た場合身なりや特徴も聞くようにさせる。

エクスター公爵の娘もなんらかのかたちで情報を集めているはずなので、彼が網に掛かることを期待していたのだが、こちらに刑事以外の人間が聞き込みに来た形跡がない。一応刑事の身なりも聞いたらしいが、これについては京也は重要視していない。

だが逆に、期待していなかった見回り組からからは山と情報が寄せられる。京也は見回り組にはこう含ませておいた。不審人物がいたら見つけた場所と服装を書いて送って欲しいと。ただしこれは失策だった。

不確定な情報がひっきりなしに届く。京也はその中から何度も挙がる不審人物だけをリストアップし、一応要注意人物として、彼らがよく現われる場所を地図に書き込んだ。

だが、エクスター公が不審な格好をしているとは限らない。ドロボウが全員ほっかむりをして風呂敷《ふろしき》を背負っていないのと同じだ。エクスター公が背広を着こなす誰の目から見ても普通の男だったら誰も気にとめないだろう。とにかく見た目の善し悪《よあ》しで判断するのは危険だ。

京也《きようや》は方針を変えた。繁華街にいる見回り組を引き揚げさせた。いままでの三件についての推測から、敵は傾向的に人目のない場所で犯行に及んでいると考えられる。

そこで夜になると閑散《かんさん》となる場所に等間隔《とうかんかく》で人員を配置し、周りをきょろきょろ窺《うかが》っていたり挙動が怪しい人物は発見次第メールで身なりと発見位置を知らせるようにさせた。

これで少しは情報の精度は上がるはずだ。だがこれは同時に同胞《どうほう》がエクスター公の獲物《えもの》になる可能性がある、というリスクも含んでいる。これに関しては見回り組全員に防犯ブザーの携帯を義務づけた。さらに全員に、メールに『救助求む。近くの同胞はただちに急行』と打たせて、さらに自分の現在いる場所の地図を添付させ下書きとして保存させた。

ボタン一つで同胞全員に送信できるようにさせるためだ。

これで同胞の安全性は格段に上がるだろう。よしんばそれでも襲われたとしても——大事はない。不幸な同胞の犠牲《ぎせい》とエクスター公の捕獲《ほかく》は秤《はかり》にかけるのも馬鹿馬鹿しいくらいだ。駒《こま》をいくら失っても王将《おうしよう》が生きていれば敗けはないのだから。京也は酷薄《こくはく》な笑みを浮かべた。

しかし、と顎《あご》に手を当てながら考える。

いま現在ブラッディユートピアで二十余名がこの企画に参画し、有形無形問わずヴェルツェーニを手伝っている。あるものは海を跨《また》いでまで協力に駆けつけている。昼聞き込みに回る者も、夜見回りに回る者も自分で掻き集めた情報をすべて京也に託し、不平一つ言わない。まるで従順な犬のようだ。それほどまでにヴェルツェーニという虚像が信奉《しんぽう》されている証拠《しょうこ》でもある。

彼らはヴェルツェーニのねぎらいメール一つで鼻歌でも歌い出さんばかりに喜ぶのだった。他愛《たわい》がなくて笑ってしまう。ここまで大人数が協力してくれるとは当初は予想していなかった。エクスター公を封殺《ふうさつ》するのも時間の問題かもしれない。この短い期間に、死体が見つかっているだけでも三人。彼の歯車はすでに完全にずれていると言っていいだろう。完全に境界線の向こう側の存在になってしまっている。次の殺人を一年も二年も我慢できるはずがない。きっと近々彼はまた犯行を繰り返すだろう。

「いけないいな、私はどうやらまた笑っているらしい」

京也は鏡を見て自分の口元を押さえた。

自分の作業に戻る。地図の不審人物目撃地点に×印を付け、その地点に発見時刻を書き込んでいく。

と、そこで携帯がまた震えた。新しい情報だろう。

メールを確認するとやはりそうだった。送信者は『アーティスト』とある。不審者発見報告だった。だが、文字を追っているうちに京也《きょうや》の思考が突然凍り付く。

不審人物が発見された場所が御笠《みかさ》の家、つまり南雲《なぐも》家のすぐそばだったからだ。

なぜか心臓が大きく打った。偶然だ。彼は頭を振った。それに不審者といってもそれがエクスター公だとは限らない。そうでない可能性の方が圧倒的に高い。

身長は一七〇前後で服装は、綿パンにヨットパーカーで、髪を赤銅《しゃくどう》色に染めていたという。これは同胞から度々《たびたび》報告があった人物に合致する。

――いや、たとえ彼がエクスター公だったとして、なぜ御笠を襲う？　そんな必要はないはずだ。たまさか通りかかっただけにすぎまい。私はいまどうしようとした？　まさか家を出て彼女の家の前まで様子を見に行くつもりだったのか？　馬鹿馬鹿しい。どこに雑兵《ぞうひょう》のために率先《そっせん》して敵陣に飛び込む王将があるんだ。落ち着け摩弥《まや》京也。

京也は自分を諌《いさ》める。ナイフを展開すると、革手袋を脱ぎ去り手の甲に浅く突き刺した。ブレードが三ミリほど皮膚《ひふ》に埋まる。神経のエッジを研《と》ぎ澄《す》ませ、冷静さを取り戻すための儀式だ。

ナイフを抜くと京也は地図に印《しるし》を刻む作業を続行しようとした。だがすぐにまた手がとまってしまう。

「くそ、まったく……今日の私はどうかしているようですね」

京也は上着を引っつかむと家を飛び出した。

風は生ぬるく、虫の鳴く声が夏の夜の静けさを演出していた。

京也は御笠の家の前まで来て思った。そのまま周囲を回る。特に異状はない。赤銅色の髪の男の影もなければ、送信者の『アーティスト』らしき人物もいない。

南雲家を見上げた。この一帯の家屋はみな似たような形をしている。おそらく建て売りだったのだろう。隣家とを仕切る石塀《いしべい》と、小さいが庭もある。控えめな家庭菜園からは馬鈴薯《ばれいしょ》らしき青々とした葉が伸びていた。

二階の部屋を見上げると一つの部屋は明かりがついて、水色のカーテンが半分ほど閉まっていた。おそらく御笠の部屋だろう。どうやらまだ起きているらしい。すぐ隣の窓は暗黒に閉ざされている。おそらくこちらの部屋は死んだ南雲小百合《さゆり》の部屋だ。

ここまで来たのだ。一応彼女の安否《あんぴ》もたしかめておかねばならない。

馬鹿正直にドアホンを鳴らすのは論外だ。現在夜の十一時、こんな夜遅くに他家の来訪はあまりに不作法《ぶさほう》だ。となると、方法は限られてくる。

京也の肩幅ほどの高さがある塀の上によじのぼると、給油タンクの上に飛び移り、そこから一階の屋根にのぼる。さらにそこから玄関フードのスロープを足音を立てないように上がると二階の屋根の上にでた。

こんなところを夜回り中の『アーティスト』に見られたら間違いなく自分の携帯電話に一報

が入るだろう。京也《きょうや》はそんなことを考え苦笑した。

御笠《みかさ》の部屋の窓を覗《のぞ》き込んだとき、京也は息を飲んだ。

最初に目に飛び込んできたのは薄ピンクのショーツだった。

彼女はたしかにいた。タイミングのいいことに彼女は、パジャマへと着替え中だった。風呂上がりなのかほんのりと上気した玉子肌は眼福至極《がんぷくしごく》である。彼女はブラとショーツ一枚でバスタオルで髪を拭いているところだった。

ショーツとお揃《そろ》いのフリル付きのブラがまた何とも言えず——いい仕事をしている。たとえるなら密《ひそ》やかに咲き乱れるサンビタリアの花。花言葉は『私をみつめて』。

昼間もあのような大胆なブラだったのだろうか？　夏服の薄い生地越しにあのエロティックなインナー、木綿《もめん》の生地が透《す》けることを想定してあんな大胆なものを着けているとすれば彼女には露出の気《け》があるのかもしれない。

京也が顎《あご》に手を当てながら彼女の抑圧《よくあつ》された性について真剣に考察を巡《めぐ》らせていると、ふと何気ない調子で視線をなげかけた彼女がこちらを見つけた。

彼女は引きつった顔をすると、京也の顔と自分のしどけない格好を交互に見比べた。

みるみるうちに彼女の目尻に涙が溜まっていく。

どうやらばれてしまったようだ。京也は窓を引くと、にこりともせずに片手を上げて挨拶《あいさつ》し

た。

「こんばんは御笠《みかさ》さん、夜分おそくすみません」

次の瞬間、彼女の放つソニックウェイブにも似た悲鳴が町内にとどろき渡った。

6

御笠は居心地の悪い不快感を覚え、恥じいるように俯《うつむ》いた。現在自分の部屋で彼女は座布《ざぶ》団《とん》の上に正座しながら京也と対面している。

革手袋をはめてタートルネックにブレザーのいつも通りの暑苦しい格好の京也は、腫《は》れた目の上のあたりに氷嚢《ひょうのう》をあてがい右手で押さえている。

御笠はすぐさまパジャマに着替えた。ちょっとだぶだぶで、頭にポンポンがついたナイトキャップも被《かぶ》っている。もしかしたら子どもっぽく見られているかもしれない。

もうかれこれ五分はこうして沈黙している。御笠は耐えきれずに切り出した。

「ま、摩弥《まや》くんが悪いんだから謝《あやま》らないよ！」

「ええ、私にも落ち度がありました。いえね、漫画だとこの種の覗きのシーン、飛来してくる物体は枕《まくら》と相場が決まっているのでつい回避をおこたってしまった。まさか鉄アレイが顔面に飛んでくるとは予想だにしませんでした。けれども君もひどいことをする、ダンゴムシよろしく丸くなって降伏《こうふく》を体全体で示した私を椅子《いす》でめった打ちにするとは……あのときの君の鬼の形相《ぎょうそう》といったら。およそ人間のする所行《しょぎょう》とは思えませんでした」

御笠は頬が紅潮《こうちょう》するのがわかった。

「だ、だって……頭をヤれば摩弥くんの記憶が消えてくれると思って……」

「君はときたま恐ろしいことを口にしますね。もし私の頭がどうにかなったらどうするつもりだったんですか？　明らかに過剰《かじょう》防衛だと思います」

御笠は息を大きく吸い込んで、核心部分に迫る。

「い、い、いつから見てたの？」

彼は首を捻《ひね》った。やがて合点がいったように、

「君が下着を着けて髪を拭いているところからです。君がいやらしい手つきでその豊満な肉体をもみくちゃに拭いているところは断じて見ていませんから安心してください」

「……殴っていい？」

「真顔で言うのは勘弁《かんべん》してもらえませんか？　恐ろしいのですが」

「ふんだ、摩弥くんが夜這《よば》いに来るんだもん。あたし摩弥くんのこと信じてたのに」

「なにやら激しい誤解を生んでいるようですね。まあいいでしょう、とにかく……」

そして一呼吸置くと、

「君が無事で良かった」

そう言って女性にとっては反則気味の微笑を浮かべた。御笠《みかさ》の胸が詰まる。

——そんな顔されたらこれ以上怒れないよ。摩弥《まや》くんのバカッ。

「まだ何か言いたそうですね」

「……もういいよ。それより、『君が無事で良かった』ってどういう意味なの？」

「いえ、君の家の周りに不審者が出たらしいと報告を受けたもので」

「えっ……」

「それと、失念《しつねん》していたことがありました。私はエクスター公に狙われている。だが御笠《みかさ》さん、君も同じくらい危険なのです」

「ど、どうしてッ？」

「理由は教えられません。君がさらに怖がることになる」

御笠は一瞬摩弥の言葉の意味を量りかね、自分の周りにまだ姉を殺した殺人犯がうろうろしているかもしれないと思うと寒気がしてくる。その体を浅く抱いた。

「震えているんですか？」

「摩弥くん、手……出して」

「こうでしょうか？」

御笠は京也《きょうや》の革手袋の上から、その手を握りしめた。不思議と恐怖が溶けだすような心地よさが広がった。

「あたし、どうすればいいのかな？」

「信じてくれるのですか？　……ならば、私といるとき以外はできるだけ自宅にいることです。なるべく外出は控えて欲しい」

「明日、明美《あけみ》ちゃんと恵《めぐみ》ちゃんでコンサート行こうと思って楽しみにしてたんだけどな……」

「控えてください」

「……うん。わかったよ」

このコンサートに二人を誘ったのは自分だった。なんと言って謝《あやま》ろうかといまから憂鬱《ゆううつ》な気持ちになる。見かねたように、京也が一つ大きく息を吐いた。

「これが一段落したら、デートにでも行きませんか？」

御笠の背筋が電流を流れたかのように伸びる。

「えっ……あ、で、でも摩弥くん？」

「デートの定義は日時を決めて男女が会うことです。別に付き合っている云々《うんぬん》は関係ないはずです。それに私の事情に勝手に付き合わせてしまったお詫《わ》びもしたい。事が片づいたら映画と食事でも一緒にどうですか？」

「ま、まあ埋め合わせはあって当然だよね。じゃあ、ゆ、遊園地もデートコースに入れて」

「ええ、近場でよろしければ」

「べ、別にあたし期待なんかしてないからね……あっ、でも忘れたら怒るよ」

「ええ、わかりました。君の安否《あんぴ》も確認できたところで、そろそろお暇《いとま》します」

　そう言って彼は靴を窓の外に落とすと、外に出る。と、突然、思いだしたように、

「たったいま一発芸のネタが思い浮かびました。やってもいいですか?」

「ど、どうぞ」

　京也《きょうや》は窓の外に立って一拍《いっぱく》の間をおくと、不気味なまでの作り笑いを浮かべて両手を広げた。

「ド○ルドマジックッ!」

　刹那《せつな》、時間が凍り付いた――。

　京也は一瞬で元のクールな表情に戻ると、

「どうでしょうか?　私は最近加倉井《かくらい》というクラスメイトに朴念仁《ぼくねんじん》だのなんだのと好き放題言われているので、ひとつ私がナウいギャグもなんなくこなす人間だということを明らかにしておきたいと思いまして」

　――ナウいって……。

「えと、それ、宇宙規模で笑いが取れると思いますよ」

「そうですか、それはよかった。早速明日披露《ひろう》してみます」

　彼は満足そうに帰っていく。それを見送り御笠《みかさ》はまた一つ摩弥《まや》京也について学んだ。

どうやら彼には皮肉が通じないらしいと。

7

「みぃ〜ちゃった〜み〜ちゃった〜♪」

一時間目の休み時間、京也がいつも通り教室に入ってくるのを鵜《う》の目鷹《たか》の目で見つめていた明美《あけみ》と恵《めぐみ》が、突然大音声《だいおんじょう》と共に節《ふし》をつけて歌い始めた。驚いたのは御笠も京也も一緒だ。

「何かあったのですか御笠さん？」

京也はいつも通りのポーカーフェイスで聞く。

「さ、さあ？」

朝っぱらから堪《こら》えるような謎の忍び笑いを漏らしていた二人だったが、ここにきて弾《はじ》けたような快活さだった。

「いやー、やっぱ男女の友情なんてあり得ないよね恵」

「そうだよねぇ、明美ちゃん」

「あの、な、何のこと言ってるのかな？」

御笠は背筋に嫌な汗を掻いた。人智を超えた第六感が御笠に警鐘《けいしょう》を鳴らす。明美がずれた眼鏡《めがね》を中指で押し上げるしぐさをする。

「じゃあ、新谷《しんたに》一等兵ッ、昨夜何をしたのか報告したまえ！」

いつの間にか軍隊ごっこになっているらしく、明美《あけみ》が偉《えら》そうに質問する。

「サー！　昨日の夜、恵はあまりの暑さに夜起き出してコンビニにアイスを買いに行こうとしたでありますサー！」

「そこで何を見たッ！　幽霊かッ？」

「サー！　ノーサー！」

「ではヒバゴンかッ？」

「サー！　ノーサー！」

「ではなんだッ！」

「サー！　御笠《みかさ》ちゃんの家に夜這《よば》いに行った摩弥《まや》センパイを見つけちゃったでありますサー！」

ようやく言わんとするところが呑み込めた。と、同時に全身の毛穴から汗が噴き出した。

「み、見たの？」

「バッチリとね」

恵はこちらに親指を立ててみせた。

「ちっ、ちが――あれはちょっとお話ししただけで」

「いや～～！　触らないで。非処女が感染《うつ》る～～。あたし御笠ちゃんは清純派で売り出そうと思ってたのにぃぃ。キィ〜〜〜」

「だ、だから違うよッ」

二人が想像しているであろう卑猥《ひわい》な場面に御笠は顔から火が出そうだった。

「何が違うものか南雲《なぐも》三等兵！　貴様《きさま》男にうつつを抜かすとはッ、嘆《なげ》かわしい限りだ」

「ささ、正直に本当のこと言いなよ。卒倒《そっとう》したり絶交したりしないからさぁ」

「違うって！」

埒《らち》があかない。御笠が何を言っても彼女たちは聞く耳を持たない。

御笠は他人事《ひとごと》のように端《はた》から見守っている京也《きょうや》に非難の眼差《まなざ》しを向けた。もともとこうなったのも京也が窓から他人の部屋に入り込むなんてことをしたからだ。

すると、意を汲《く》んだのか京也はゆっくり頷《うなず》くばかりではなく、彼女たちに見えないように親指を立ててみせた。

任せろ、ということだろう。

——摩弥くん、ありがとう……。

待てよ、と首を捻《ひね》る。前にもこんな状況になったことがなかっただろうか？

「聞いてください新谷さん、荻原《おぎわら》さん。私たちは君たちが想像しているようなやましいことは何もしていません」

「へぇー、摩弥センパイまでそんな苦しいこと言うんだ〜。じゃあ何してたんですか？」

「カラテビクスです」

「は？」

恵《めぐみ》のニヤニヤ顔がとまり、眉間《みけん》に縦皺《たてじわ》が走った。

「あ、あの摩弥《まや》センパイ？　な、ななんですかそのカラテビクスって」

「知りませんか？　まあ無理もありませんね——」

そう言うと、京也《きょうや》は腰を落とし「エアロビクスの音楽に合わせて正拳突きや——」突如裂帛《とつじょれっぱく》の叫びとともに正拳《せいけん》突きを繰り出す。「その軽快な音楽とともに前蹴りを繰り出す——」フン、と鋭角《えいかく》な蹴りを繰り出す。「つまりエアロビクスと空手《からて》を合わせた有酸素運動ですよ」と最後に首を刈り取るような回し蹴りを繰り出した。そして残心《ざんしん》しつつ息を吐いた。

束《つか》の間《ま》、耳が痛いほどの沈黙が返ってきた。やがて恵がおずおずと、

「えと、じゃあ昨日はカラテビクスを二人でされていたと？」

「ええ」

「深夜に？　二人で？　窓から忍び込んで？」

「ええ」

恵と明美《あけみ》は顔を見合わせた。

そして思いっきり吹き出した。明美は机を乱暴にバンバン叩く。

「ヒィイー、腹が、腹が痛いぃぃぃ～～ッ！」「もう駄目、恵死ぬかも～～！」「いい！　いい

よカラテビクス！　信じるよ。二人は昨日の深夜一緒にカラテビクスをしていた。ＯＫ、それいただき」

御笠《みかさ》の顔色は真っ赤になったあと真っ青になって、そのあともう一回真っ赤になった。すぐさま京也の腕をつかんで笑いに包まれた教室を飛び出す。

京也はわざとらしく汗をぬぐう仕草をすると、白い歯を見せて言った。

「上手《うま》く誤魔化《ごまか》せましたね」

御笠は京也を絞め殺したい衝動に駆られた。

「もう教室に戻りたくないよぉ……」

「なにかお気に召《め》さないことでもありましたか？」

「ねぇカラテビクスってなんなのねぇカラテビクスってなにひどいよ摩弥くんのバカぁ！」

「落ち着いてください御笠さん。極限状況下で理性を手放すことは生を諦《あきら》めるのに等しい」

「あんなのってないよぉ。なんなのカラテビクスってッ？」

「説明したとおりです」

「あれならまだ太極拳《たいきよくけん》の方がマシだった」

「いまから実は太極拳だったと訂正してきましょうか？　深夜に太極拳の練習というのもあまりぞっとしない話ですが、訂正してこいと言うならば――」

「ヤメテ！　ぜっっったいヤメテ！」

「そうですか。実は私は家で筋力トレーニングをしているのですが、カラテビクスもトレーニングの一環に取り入れています。よかったら今度どうですか?」

「イヤ! これ以上カラテビクスのなんたるかなんて一言も聞きたくない」

「よくわかりませんが御笠《みかさ》さんのトラウマになりかけているようですね――やれやれ、困りましたね」

　結局御笠は予鈴《よれい》のチャイムが鳴っても教室には入れなかった。


　授業が終わっても御笠は机に突《つ》っ伏《ぷ》した顔を上げようとしなかった。

　死んでしまいたい。そんな気持ちが心におもりのようにぶら下がっているせいで体の動きまで鈍化《どんか》する。そんな御笠の肩を叩く手があった。

「もう、ダイジョブだって。誰もあんなの信じてないからさ」

　明美《あけみ》だった。見れば京也《きようや》と恵《めぐみ》もいる。

「明美ちゃん……」

「恵もちょっと茶化しすぎたし、ゴメンね御笠ちゃん」

「恵ちゃん……」

「すみません御笠さん、カラテビクスは君たちの感覚では『ダサイ』の範疇《はんちゆう》に入るのですね。そうとは知らずつい――」

「ううん、もう怒ってないよ」

心の中が温かいものに包まれた。

「やはり嘘《うそ》でも太極拳にするべきでしたね。一生の不覚です」

「もうその話はしないでッ！」

「……本当はまだ怒っているのではありませんか御笠さん？」

「まあまあまあ、お二人ともそこまでそこまで」

明美が慌《あわ》てて仲裁《ちゆうさい》に入る。

「もう、摩弥《まや》くんのバカッ」

「ま、センパイが意外と面白い奴だってのはわかったからいいじゃん」

「摩弥センパイ」

恵がしかつめらしく京也に向き直った。

「なんでしょう？」

「御笠ちゃんをよろしくね。摩弥センパイになら恵たちの御笠ちゃんを任せてあげられるから」

恵は京也に告白したことがある。御笠はその事実を知っているからこそ言葉の裏にある諦《あきら》めの感情を感じ取ってしまった。暗い雰囲気を払拭《ふつしよく》するように間に割って入る。

「メグちゃんまたそんな話する。もう違うったら」

「わたしからもお願いね。御笠《みかさ》ってこれで結構ヌケてるから」

尻馬《しりうま》に乗った明美がさらに割って入る。おそらく恵《めぐみ》と京也《きょうや》の関係は知らないのだろうが、御笠としてはありがたかった。

「だーかーらー」

御笠はことさら明るい口調で言いつつ、それでも心の中にほの暗い感情が根付いていくのを感じる。

『あのッ！　……摩弥《まや》くんは、お姉ちゃんのこと、好き……だったんですか？』初めて会ったあの時、別れ際《ぎわ》の質問に彼は答えてくれなかった。きっと京也は姉の小百合《さゆり》のことが……。

きっと事件が解決したら京也とはお別れ。彼が御笠のクラスを訪れることはもうないに違いない。

胸が締め付けられるような動悸《どうき》に襲われた。

——嫌だな、お別れなんて。

その時、彼が携帯電話を懐《ふところ》から取り出した。彼はメールの文面を目で追う。突然その眦《まなじり》が裂けんばかりに見開かれる。

その後、口元がゆっくりと薄く三日月型に開いた。ブレザーの袖《そで》で隠すようにしていたが、御笠には見えた。

御笠には彼の表情はいつも薄く氷の張ったかのように見えていた。彼に微笑《ほほえ》みを向けられたこともあったし、彼が口を引き結んで不服を訴えた表情も見たことがある。だが、どれも本物の表情ではなく、どこか精彩《せいさい》を欠いた印象だけを御笠に与えていた。

だが、メールを見た彼の表情は本物の表情だった。見るものを残らず総毛立たせるような酷《こく》薄《はく》な笑み。御笠は京也がわからなくなった。

隣を見やる。恵と明美がまだ惚《ほ》れた腫《は》れたについて語っている。いまの笑みを見た様子はない。

「御笠さん」

声をかけられ、盗み見るように京也の表情を窺《うかが》う。彼は元の無表情に戻っていた。だが、どこか浮き足立った様子までは隠せていない。彼は興奮のまま携帯を叩きつけるように机に置いた。

「どこか、この学校にインターネットに繋《つな》がったパソコンを使える部屋はありませんでしたか?」

「パソコン室なら……あそこは休み時間は解放されてるから自由に使っていいんだよ」

「そうだったのですか。行ったことがなかったので知りませんでした。ちょっと用ができたのでこれで失礼します。すぐ戻りますので」

そう言うと早足で教室を辞してゆく。

「ねぇ摩弥センパイどうしたの?」

「わからないよ」

その時、彼が携帯を置きっぱなしにしていったことに気がついた。

「あっこれ……」

恵《めぐみ》が携帯に手を伸ばしかける。御笠《みかさ》は横からかすめ取るようにして携帯を奪った。

「摩弥《まや》くん忘れてったみたい。そこにいるかもしれないし、あたしが持っていくから」

そう言って返事も聞かずに教室から飛び出した。

廊下《ろうか》の角まで来て曲がると、その陰に身を潜《ひそ》めるようにして一つ大きく息を吸い込んだ。

覚悟を決めて携帯のフリップを開く。受信トレイを覗《のぞ》くと、膨大《ぼうだい》な量のメールが溜まっていた。一昨日《おととい》までこんなものはなかった。途端に手が滑りそうに汗が滲《にじ》んでくる。

御笠は辺りに注意深く目を配った。京也《きょうや》が携帯を忘れたことに気付いて戻ってくる可能性がある。手早く済ませよう。

心の中で京也に謝《あやま》りつつ、ついさっき着信したばかりのメールを開いた。

送信者は〈スターマイン〉とあった。題は『一応報告』と書かれてある。


ブラッディユートピアにエクスター公爵の娘という新入りが入ったよね？　彼が情報を提供しているよ。『メゾン・ド・ゴルディオンの５０３にて、拷問器《ごうもんき》はヴェルツェーニが来《きた》るを待つ』とあった。これは明らかに君、ヴェルツェーニにあてて書いてるように思えるんだけど……一応君も掲示板で確認しておくことをお勧めしとく。

御笠の頭の中は短い文章に込められた膨大な情報量に頭が爆発しそうだった。まずエクスター公爵の娘、これは京也から聞いた姉を殺したと目される人物だった。

掲示板という記述があることから察するに、ネット上でなにがしかの動きがあったのだろうか。とすると、スターマインとやらが熱心に呼びかけているヴェルツェーニとは京也のことだろうか。インターネット上では自分の決めたハンドルネームでお互いを呼び合うという慣習は勿論《もちろん》御笠も知っている。

そういえば御笠は、最初京也から話を聞いたときエクスター公爵の娘という人物と『ネット』で『偶然』出会ったと聞いた。あの時はまくしたてるように一気に語られたせいで話のディテールまで頭が回らなかった。いま思えばなにかおかしい。

一番わからないのは、なぜ京也はこのメッセージを見て薄笑いを浮かべたのか、だ。

もしかしたら摩弥京也という人物には御笠の知らない別の顔があるのかもしれない。思えばいままで京也の存在を何一つ疑ってこなかった。それは自分が彼に対していま一歩踏み込むのを恐れていたからでもある。

なぜなら京也は秘密主義者に思えたからだ。

彼に真夏に厚着している理由を何度か尋《たず》ねたことがあったが、その度《たび》巧妙《こうみょう》に話をずらされていた。家族構成も曖昧模糊《あいまいもこ》としている。妹がいるのは知っているが、それ以外にも一度姉の存在を匂わせる話をしたことがある。ただすと彼はのらりくらりと話題を変えてしまった。

そうやって考えていると御笠《みかさ》が京也《きようや》について知っていることは驚くほど少ないと気付く。

こうして携帯を盗み見、京也という人間を知ろうとすればするほど、彼の深淵《しんえん》にも似た得体の知れなさが伝わってくるだけだ。

いま、御笠の信じる摩弥《まや》京也の像は恐ろしいほどにぼやけて見える。

彼には御笠たちに向ける以外のもう一つの顔があるのかもしれない。

御笠の知らないところで事態が動こうとしている？　京也のメールを見なければ裏に存在する事態そのものに気がつかなかっただろう――。

まだわからないことが多い。ただし――ブラッディユートピア。ここにすべてがあるような気がした。

「信じて……いいんだよね？　摩弥くん」

8

海藤信樹《かいどうのぶき》は正式に塾講師職の解雇《かいこ》通告を受けた。

原因は、海藤が教え子の少女を殴りつけたからだ。

些細《ささい》なきっかけだった。私語がうるさいとその教え子をたしなめ、板書《ばんしょ》を再開しようとすると、後ろからクスクスと彼を笑う声が聞こえた。いつものことと捨ておくのが普段の海藤だった。だが、今回はなぜか抑えが利かなかった。

――貴様《きさま》らなど……貴様らなど、この俺の機嫌《きげん》一つでこの世から抹殺《まっさつ》できるんだぞ。

そう思った瞬間、被害者を捕らえ、生殺与奪《せいさつよだつ》をほしいままにする暴君エクスター公爵《こうしゃく》の娘としての矜持《きょうじ》が刺激された。

一発殴っただけで我《われ》に返ったのはそれでも不幸中の幸《さいわ》いだっただろう。気がつくと、教室の中心で荒い息を吐きながら佇《たたず》む自分と、顔を伏せ、次の暴力を想像し震えている教え子がいた。鼻骨《びこつ》の折れた感触だけが手の中に残っていた。

今回の顛末《てんまつ》で腹立たしいガキどもの顔を見ないで済むと思う半面、いっそ一人一人生徒の家を訪ね歩いて一族郎党《いちぞくろうとう》皆殺しにしたい衝動に駆られる。

殺したとして、勿論《もちろん》死体を解体して天使を喚《よ》んでやるつもりはない。海藤が殺す人間はある意味海藤に選ばれた人間でもあるのだ。死体を解体して天使が労なく運べるようにした上、天使がよく集まる場所に死体を捧《ささ》げている。

一時《いっとき》の痛みと引き換えに天上への旅立ちと、永遠《とわ》の安寧《あんねい》を得られるなら、肉の牢獄《ろうごく》に囚われたままのこの地獄より万倍もマシだろう。

海藤はある日天啓《てんけい》とも言うべき閃《ひらめ》きに打たれたのだ。そしてカミの姿を見た。同時に天国への道とそのプロセスを伝えられた。彼《か》の者は言った。お前に天国へと至る衆生《しゅじょう》の選定を任せると。

海藤はその言いつけに従っていままでに三人を選んで送った。それでもまだまだ、自分に課せられた責務を果たしたとは言い難い。

「ご注文の方よろしいですか？」

びくりと肩が跳ねた。トんでいた思考が返ってくる。

そうだ、自分はファミリーレストランに来ているのだったか。

「あ、あの——は、ぁ……」

「え？　なんですか？」

「こ、これ……」

そう言って海藤は節《ふし》くれだった指でメニューの一角を指さす。

「チキンドリアランチ一点でよろしかったですか？」

「……はぃ」

店員は一礼すると奥に引っ込んでいった。

海藤は幼い頃に発声が鼻声のように濁《にご》って汚いとさんざん馬鹿にされ、いじめられたことがあった。それ以来、少し鼻を上に向け、喉《のど》を鳴らすようにして喋《しゃべ》るようにしている。

塾講師を務めていたときもだ。だから海藤はいきなり話しかけられると、声の出し方を意識できないまま途端に詰まってしまう。

　ぶり返したようなひどいムカツきを覚える。

　海藤はノートパソコンを起《た》ち上げると、格納してある大量の隠しフォルダの中から、動画を一つを選び出し、全画面表示で再生した。途端に地獄絵図のような光景が眼前に再生された。

　それを見て、陶然《とうぜん》となる。すべての苦しみを忘れられる一瞬だった。彼女たちはこの瞬間、すべてを忘れて自分だけを見て、自分だけを意識しているのだ。勿論《もちろん》音声は再生しない。音も一緒に聞きたいが、魂《たましい》をすりつぶされていくような絶叫は、まともな者が聞くと精神を病《や》む。とてもファミレスで再生するわけにはいかない。

〝海藤信樹《のぶき》〟のためだけの究極の殺人《スナッフ》ムービー。海藤は彼女たちすべてを愛していた。

　隣の席で家族連れが笑顔に包まれ、団欒《だんらん》を楽しんでいる。海藤は壁を背にしているので後ろから画面を覗き込まれる心配はないが、隣の家族の誰かが興味本位に横目で海藤のパソコンを見れば、終生《しゅうせい》この光景が頭に焼き付くに違いない。

　海藤は動画を楽しみながら、これからのことを思案する。

　正直、行き詰まりは感じていた。

　ヴェルツェーニを狩り出すため、ある程度までは小百合《さゆり》の仲の良かった人間――特に男――の絞り込みはしたが、ある時、ブラッディユートピアを見てわからなくなった。

　ブラッディユートピアは七年前からサイトとして稼働《かどう》している。つまり、たとえば南雲《なぐも》小百合の同学年にヴェルツェーニがいるとして、その人間はわずか十歳か九歳のときにあのアングラサイトを立ち上げたということになる。

そんなことがあるだろうか？　ない、とは言い切れないが、あるとしたらそいつはとんでもない化け物だ。ガキの頃からひたすら死体写真を漁《あさ》り、悲惨な事件を嗅《か》ぎまわる。まるで死肉にたかるハイエナのように。

「馬鹿馬鹿しい。そんなことがあるわけがない」

海藤《かいどう》はかぶりを振る。やはり調べるとしたら親戚《しんせき》筋が先かもしれない。

姿の見えないヴェルツェーニに怖気《おぞけ》をふるって一人で怯《おび》えているだけだ。自分には『カミ』がついている。心配する必要はどこにもない。それに、一応の罠《わな》も仕掛けた。かかるかどうかは難しいところだが、あの男の間抜けさに期待するしかない。

調べていくうちに一つ喜ばしいことがわかった。

南雲小百合《なぐもさゆり》には妹がいたのだ。彼女によく似ていた。すれ違う人間が振り返りたくなるような女だった。

小百合は誤ってすぐ殺してしまった。最悪の汚点《おてん》だ。だが、彼女でなら続きの補塡《ほてん》ができる。姉ばかりが一人で天国へ行くのは不公平だし、寂しいだろう。やはり妹も一緒でなければ。

「南雲御笠《みかさ》」

海藤はその名をつぶやき舌舐《な》めずりをした。

三章 腑分け

1

主《あるじ》を失った部屋は、灯《ひ》が落ちたように静寂《せいじゃく》に包まれていた。扉《とびら》を開けた御笠《みかさ》は中から吹きだしてくる高湿度で粘度《ねんど》の高い空気にあてられ室内に踏み込むのに一瞬躊躇《ちゅうちょ》した。壁にある電灯のスイッチを操作すると、よく知る姉、南雲小百合《なぐもさゆり》の部屋が闇の中から浮かび上がる。この部屋はまだ手つかずだが、いずれ使える物は各部屋に持ち込んで、そうでない物は物置に入れてがらんどうにする予定だった。この部屋を何か別の目的に再利用しようと言い出る家人《かじん》は誰もいなかった。

御笠は姉のデスクトップパソコンの前まで来ると、うっすらと積もった埃《ほこり》を払う。有名マスコットキャラがプリントされたクッションを敷いたかわいらしい椅子《いす》に座ると、背もたれがキュッと鳴った。

パソコンの電源を入れる。御笠の部屋にはパソコンがなかったのでこちらで使わせてもらうことにしたのだ。

ネットに繋《つな》ぐと早速、御笠はキーワード『ブラッディユートピア』で検索をかけてみる。ローマ字で打ち込んだ方がよかったかもしれないと懸念《けねん》したが、それはすぐに見つかった。

真っ黒な画面が現われて、そこにＩＤとパスワードの打ち込み画面が出る。ホームページの主旨《しゅし》がまったくわからない。何をするところなのだろうか？『真っ赤な理想郷《ブラッディユートピア》』という語感は何か不吉《ふきつ》なものを想起させる。

京也《きょうや》もこれに所属しているのはほぼ間違いない。パスワードとＩＤ欄に京也の好きそうな言葉――といっても京也の好きな言葉自体がよくわからなかったが――をデタラメに打ち込んでみたがにっちもさっちもいかない。

早くも思考が暗礁《あんしょう》に乗り上げかける。ふと見ると、画面の隅の方に『入会希望の方は下記のアドレスに連絡をください　管理人』とあって、アドレスが付記されている。

迷ったが、メールを出した。文面を読み返してみたが無難な内容だと自分でも思う。

しばらくすると返答が返ってきた。

本文はぽつねんとリンクが張られたＵＲＬがあるだけだった。リンク先にジャンプすると、そこはチャットルームだった。

御笠は話に聞いたことがあるだけでチャットルームなど利用したことがなかった。なんでも最近のチャットは然《しか》るべき機器さえあれば動画や音声のやり取りをリアルタイムでできるらしいが、どうやらここは純然たる文字だけのやり取りに終始《しゅうし》したチャットルームらしい。

一人、チャットルームに入っている人物がいた。おそらくこのサイトの管理人だろう。

いまから顔も知らない人と話をするのかと思うと自然、心に波頭が立つ。

ハンドルネームの設定に少し頭を悩ませたが、結局家で飼っている三毛猫の名前を拝借《はいしゃく》することにした。


半月〉こんにちは。ブラッディユートピアの管理人さんですか？

ヴェルツェーニ〉初めまして、ヴェルツェーニと言います。


「えッ？」

瞳が驚きに見開かれる。頭の中を引っ掻き回すように思考が暴れ回っていた。

摩弥《まや》くんなの？　そう打ちかけて止めた。頭を振って、左手を強く握る。時間に少し空白ができたが、相手はそれを気にかけた様子もなく、

ヴェルツェーニ〉このチャットルームは私たち以外の人間が利用することはありません。安心してください。


何か話さなくちゃ。と、焦《あせ》る。

どうやら京也《きょうや》がこちらの正体に気がついている様子はない。ならばもう少しだけ他人のフ

リをさせてもらおう。
半月〉　ブラッディユートピアとはどういう活動をしているサイトなんですか?
少し相手が沈黙した。
ヴェルツェーニ〉　驚きましたね。あなたはウチがどんな活動をしているかも知らないのに入会希望をしたんですか?
半月〉　おかしいですか?
ヴェルツェーニ〉　おかしい、と言えばおかしいですね。大抵はどこかでウチの噂《うわさ》を聞きつけて入会を希望する手合いばかりですからね。
ヴェルツェーニ〉　まあいいでしょう。そうですね、私は物事をカテゴライズして考えることがあまり好きな人間ではありませんが、たとえて言うなら。
ヴェルツェーニ〉『総合殺人・拷問《ごうもん》系サイト』とでも言うのでしょうか?　人間の精神の暗がりを食い物にする汚《けが》らわしいサイトですよ。
御笠は腰を浮かせかけた。体が引きつったようになり、ビリビリと産毛《うぶげ》が逆立つ。

——嘘《うそ》……摩弥《まや》くん。嘘だって言ってよ。
御笠《みかさ》は目を瞑《つぶ》っていっそ全部見なかったことにしたかった。

ヴェルツェーニ〉　驚いているようですね。あなたはここをどんなサイトだと思っていたんですか？
半月〉　わかりません。あなたこそどうして私とチャットで話そうと思ったんですか？
ヴェルツェーニ〉　私はいつもこういう手順を踏んでいます。私は無差別に誰もを自分のサイトの会員にするわけではありません。だから失礼ながらこうして面接のようなものを設けて会員資格の是非を決めています。
半月〉　じゃあ私は失格ですか？
ヴェルツェーニ〉　もう少し話しましょうか。あなたみたいな人が来るのは大変珍しい。
半月〉　私は、もう、あなたと話すことなんかありません。
ヴェルツェーニ〉　手厳しい。私に嫌悪《けんお》感を抱いたのですか？

御笠はいっそ早く会話を切ってしまいたかったが、なぜかヴェルツェーニは面白がるようにこちらに絡んできた。

ヴェルツェーニ〉　中世の時代、人間を責め苛《さいな》む拷問《ごうもん》が大量に生み出されていたのを知っていますか？　エクスター公爵の娘、スカベンジャーの娘、スレット、鉄の処女、リッサの鉄の柩《ひつぎ》、ドイツ式椅子《いす》、スペイン式ブーツ、トゲのある兎《うさぎ》、苦悩の梨《なし》、吊るし刑、四つ裂きの刑、指詰め不眠責め吊り落としかま茹《ゆ》でetc...etc。

ヴェルツェーニ〉　現代ではこうしたものは百人に聞けば百人とも間違っているというでしょう。けれど、古代マヤ文明にまで遡《さかのぼ》ると、神に捧《ささ》げるという美名の下《もと》、祭壇で生《い》け贄《にえ》の胸を裂き、生きたままの心臓をつかみだしその肉を食らい、生皮を剝《は》いでそれをつけて踊るんですよ。当時の人に聞けば百人中百人が正しいと答えるはずです。二者の明確な違いは何でしょうか？

半月〉　そんなもの——倫理や道徳、それに法律がそれを許しません。

ヴェルツェーニ〉　YES。その倫理観や道徳観というものも不変のものではない。法律も時代と共にその都度《つど》いいように変化します。ならば倫理観が違えば私たちが頑《かたく》なに忌避《きひ》する殺人や拷問も是《ぜ》とされるのか？

半月〉　全然違う！

御笠は我《われ》を忘れてキーを叩いた。

半月〉　人は長い歴史でやっていいこととやっちゃいけないこととの区別を明確にしてきたんです。そもそも古代と現代を比較すること自体が間違っています。あなたが言ってるのは殺人へのただの肯定《こうてい》です。

ヴェルツェーニ〉　殺人の肯定結構です。人間は口で正義や道徳を語りながら、同じ口で盗みや殺しを諦観《ていかん》する。あなただって人が生まれながらに善なる存在だなんておめでたいことを信じているわけではないでしょう？　人は他人に嘘《うそ》をつかず、欺《あざむ》かず、出し抜かない。たしかに素晴らしいお題目《だいもく》だ。だが実際は人は他人を欺き、侵し、殺す。これが人の本質です。

半月〉　違う！

ヴェルツェーニ〉　何が違うんです？　あなたがどう思おうと勝手ですが、この場で優等生的なヒューマニズムを語るのだけはやめていただきたい。それはあなたの意見ではなく、急場凌《しの》ぎの定型句だ。

半月〉　もうやめて！

半月〉　もうやめてよ。こんなのあたしの知ってる摩弥《まや》くんじゃない。

いままで泰然《たいぜん》とした態度で臨《のぞ》んでいたヴェルツェーニが絶句したような沈黙の間を寄越《よこ》した。やがてたしかめるように、ゆっくりとした調子で、ヴェルツェーニ〉　君は、御笠《みかさ》さんなのですか？
半月〉　あたしの知ってる摩弥くんは、どっか冷めてて、人の言うこと聞かなくて、ユーモアのセンスが全然ないけど、物知りで、冷静沈着で、結構女の子に優しい、そんな人だよ。
ヴェルツェーニ〉　御笠さん、それは買いかぶりだ。
ヴェルツェーニ〉　人間は仮面を常に付け替えて生きているんです。私も君も。
半月〉　どういう意味なの？
ヴェルツェーニ〉　君が家族に接する時被る仮面、仲の良い友達と接する時被る仮面、憎い者に相対するときの仮面、恋人と接するときの仮面。すべて同じ御笠さんですが、人によって被る仮面を替えている。
ヴェルツェーニ〉　私にも仮面がある。摩弥 京也《きょうや》として南雲《なぐも》御笠に接するとき被る仮面、そしてブラッディユートピアのヴェルツェーニとしての仮面。この二つは両立できないのです。
ヴェルツェーニ〉　どうしてここに来てしまったんですか？　御笠さん。
咎《とが》めるようにも、諦《あきら》めるようにも聞こえる京也の独白じみた台詞《せりふ》だった。
半月〉　摩弥くんのことが、

半月〉　もっと、知りたかった。

ヴェルツェーニとしてではなく、摩弥京也《まやきょうや》に残された善意にすがりつくように、御笠《みかさ》はゆっくりとキータイプした。摩弥が迷うような逡巡《しゅんじゅん》を見せた。だが、

ヴェルツェーニ〉　迷惑ですよ。はっきり言って。

突然京也の態度が硬質なものに変わった。文字上のやり取りなのに、凍《い》てついたような視線すら感じた。

半月〉　摩弥くん？
ヴェルツェーニ〉　あなたの存在は本当に厄介《やっかい》だ。なぜ私のことを嗅《か》ぎまわるんです。
半月〉　嗅ぎまわるなんて違う！
ヴェルツェーニ〉　もっと知りたかった、ですか。たとえばあなたがしつこく聞いてきた私の家族構成や、夏に厚着する理由、等ですか？
半月〉　それは、
ヴェルツェーニ〉　よろしい、この際だ。お答えしましょう。私の体にはまともな女性なら

見ただけで怖気《おぞけ》をふるうような大量の切り傷刺し傷、肉をえぐり取った傷がついています。それを隠すために首元を隠せるタートルネックを着込んで、半袖《はんそで》のものは着ないようにしています。

半月〉どうしてッ？

ヴェルツェーニ〉沈黙の暴力《サイレント・バイオレンス》という言葉を知っていますか？　私は実の父親にホモセクシュアル的な行為を強《し》いられてきました。いわゆる近親相姦《きんしんそうかん》というやつです。実子の虐待《ぎゃくたい》や妻への暴力も沈黙の暴力の範疇《はんちゅう》に入ります。これが沈黙の暴力と言われている由縁《ゆえん》は、事件が世間につまびらかになることが少ないからです。家族のことだから警察沙汰《ざた》にできない。母も妹も姉も、私が父になぶられていることを知りながら手をこまねいているしかなかった。

「あ、あぁ……」

御笠の口は馬鹿みたいに開きっぱなしになり、意味のない恐怖の声が喉《のど》からでたらめに漏れ始めた。

——これ以上摩弥くんに語らせたら駄目だ！

そんな確信めいたことが脳裏《のうり》をよぎった。だが、思考は千々《ちぢ》に乱れ、キーボードの上をあてどなく指がさまよう。彼にかける言葉が見つからなかった。

ヴェルツェーニ〉 父は最低の人間だった！ 酒をやっては私をなぶり、私の愛が不十分だという理由で私を責め立てた。
ヴェルツェーニ〉 ある日精神に破綻《はたん》を来《きた》した私は、カッターナイフを持って、自分の体を削り始めた。削っても削っても父の腐った汚汁《おじゆう》の臭《にお》いが取れなかったからです。私が家族に発見されたときには全身血まみれになっていました。
ヴェルツェーニ〉 畢竟《ひつきょう》、私の体には大量の傷が残り、ちょっとしたことで手首や首筋を切ってしまう自傷癖《じしょうへき》がついてしまった。おまけに私はいまでも特定の場合を除いて不能者です。
半月〉 お父さんは、どうしたの？

震える指でそう打った。

ヴェルツェーニ〉 死にました。姉が私のために殺したんです。

御笠は息を飲んだ。

ヴェルツェーニ〉 おかげで姉は現在塀《へい》の中です。まあ、もうすぐ戻ってきますが。私の家の家族構成には殺人者の姉がいるせいで色々言われます。最初の頃は転居の繰り返しでした。

だから他人にはこのことはあまり語りません。
半月〉　ごめんなさい、摩弥《まや》くん。
ヴェルツェーニ〉　謝罪には何の意味もありません。これが他人の不快領域《パーソナルスペース》に土足で踏み込むということです。これが摩弥京也《きょうや》を知るということなんですよ御笠《みかさ》さん。君に私のすべてを受け入れるキャパシティがあるというのですか？

根拠《こんきょ》なく、ある、と言い切ることは御笠にはできなかった。京也の失笑を買うのは明らかだった。だが過ぎゆく沈黙はさらに雄弁《ゆうべん》だった。彼がディスプレイ越しに嘆息《たんそく》したような気がした。

ヴェルツェーニ〉　さあ、もう終わりにしましょう。
半月〉　今日のことも含めて、明日ゆっくり話そうよ。
ヴェルツェーニ〉　それはありません。私がこの秘密を話した以上、もう君と会うことはない。君を守る契約《けいやく》はこれにて解消しましょう。明日から私と君はただの他人となります。
半月〉　嫌だよ摩弥くん。不用意に摩弥くんの傷に触れた質問をしたならあたし謝る。
ヴェルツェーニ〉　言ったはずだ、謝罪には何の意味もありません、と。最後になりましたが御笠さん。君の家に押しかけたあの時、言えなかったことを伝えておきます。

ヴェルツェーニ〉　連続殺人犯にはある通底《つうてい》した心理状態があります。それは妄想《もうそう》です。犯人は犯行を妄想《もうそう》する。どういう手順で殺してやろう。こんな風に苛《いじ》め抜いてから殺そう。死体を温かいうちに犯そう、とかね。だが実際に犯行に及んだ場合、相手の抵抗にあったりするなどしてその甘美《かんび》な妄想は打ち砕かれることになる。殺人犯は自分の妄想通りには計画を遂行《すいこう》できない。それが次への殺人に駆り立てるんですよ。

ヴェルツェーニ〉　私はエクスター公爵の娘と一度チャットで話したことがあります。そう、いま私と君が話しているときのような面接形式とでも言うのでしょうか。彼は小百合《さゆり》さんを満足な殺し方ができないで苛立《いらだ》っていた。そこに姉とそっくりな御笠《みかさ》さん、君が目の前に現れたらエクスター公はどう思うでしょうか？　もしかしたら小百合さんの続きができると喜ぶかもしれません。なのでしばらく君にスタンガンは預けておきます。

半月〉　なんで、そんなことがわかるの？　それは摩弥《まや》くんがあっち側の人間だから？

ヴェルツェーニ〉　私はあちら側でもこちら側でもない境界に立つ人間、マージナルなんですよ御笠さん。

その言葉を最後に、京也《きょうや》はチャットルームから姿を消した。ヴェルツェーニが退出したという意味の文字が画面に躍る。御笠はただ一人、数秒前まで彼のいた空間を離れられないでいた。ひょっとすると優しい彼が様子を見にもう一回戻ってきてくれるかもしれない。まだそんなことを考えていた。

十分待って二十分待って、彼が戻ってこないことを知ると、御笠は机に突《つ》っ伏《ぶ》して涙を流した。

2

京也がノートパソコンの電源を落とすと、漠とした沈黙が部屋に下りた。

闇の中、何の気もなしに天井《てんじょう》に書かれた、蔦《つた》が絡《から》まったような模様を目で追う。

ふと暑さを感じて京也は外に出た。

別にどこに行こうと思い立っての行動ではない。合理主義者の京也にしては非常に珍しい、明確な目的のない行動だった。

感傷、だろうか？　京也はかぶりを振る。あり得ない。

月の明るい夜だった。

先ほどのやり取り、あれは完全に失敗だった。時間をかけて御笠を京也の私兵にしようと試《こころ》みたが結局徒労《とろう》に終わってしまった。所詮《しょせん》京也のカリスマ性が及ぶのはブラッディユートピアの中だけということだ。

南雲《なぐも》御笠の存在を脳内から抹消。承認《しょうにん》。

いまこの瞬間も見回り組から大量のメールが着信している。そこから絞り込みをして早くエクスター公を特定しなければ最終的に待っているのは自分の死だ。

京也《きょうや》は足をとめふと顔を上げた。そこはくすんだ白亜《はくあ》だった壁が目立つマンション、〈メゾン・ド・ゴルディオン〉だった。築《ちく》二十年というところだろうか。

ろくな用意をしていないにもかかわらず京也は、心の中で頷《うなず》くと建物に近づいた。

錆《さび》の浮いた自転車が束のように置いてある場所を分け入るように進むと、汚らしい非常階段の脇にうっすらとした蛍光灯の明かりのもとエレベーターがあった。京也は乗り込むと、迷わず五階を押した。

目的の階に着くと、京也はケージから下りる。ここに来るまでにマンションの住人とは誰一人会わなかった。悪くない。

503号室の前に来ると、一度ドアを素速く開《あ》け閉《た》てする。確認。カギは掛かっていなかった。中は暗く、ドアチェーンもなし。

携帯で現在の時刻を確認。現在午後十時五十五分。

『メゾン・ド・ゴルディオンの503にて、拷問《ごうもん》器はヴェルツェーニが来《きた》るを待つ』

――いるのか？　ここにエクスター公は。

表札はない。上着に腕を差し込むと、バタフライナイフを右手で回転させながら展開する。左手でノブをゆっくり回し中に体を滑り込ませると、音を立てずにまた閉めた。ブラインドが下りているせいで周囲の見通しが利かない。だが、嗅《か》ぎ慣れた鉄錆くさい臭いと、胃の悪くなるような腐臭《ふしゅう》がした。ひどい臭いだ。よく近隣の人間がいままで気付かなかったものだ。靴脱ぎを跨《また》ぎ越す。当然土足で上がり込む。ここにエクスター公がいないのを半ば確信していたが、だが、ここに何があるのかを確認しないで帰るわけにはいかない。

六畳《じょう》ほどの細長い部屋だ。あまりに濃密な臭気の中、時折黒バエが視界に入り込み耳障《みみざわ》りな音を立てて飛び回る。

暖簾《のれん》をくぐってキッチンの中に入った。食器が規則正しく並んで干してあり、使いやすいようにソートされている。

女の部屋だなと思った。ふと、流しの中に目を向けたとき、三角コーナーの中に異様なものを見つけた。魚の内臓、に見えた。ひどくでっぷりした内臓の一部が闇の中でぬらぬらと光っている。魚にしては少々大きすぎないだろうか？　だが臭いの源《みなもと》はこれではない。

ユニットバスの扉を開けて顔をしかめた。バスとトイレを仕切るカーテンに無数の血が飛び散っていた。人間の手形が一つ、大人大のものがついている。臭いが強い。

意を決して勢いよくカーテンを引く。黒バエが数匹飛び立った。

栓の抜かれたバスタブの底、そこにあったのは大量の乾いた血液と、散乱する頭髪《とうはつ》、肉片や骨片だった。

解体をここで行ったのはおそらく間違いない。だが解体した部位がない。もうどこかに持ち去られたのかもしれない。

風呂場から出ると、隣の寝室に通じる襖《ふすま》を開けた。ここで最後だ。ここになければもう死体はどこか別の場所だ。

だが、開けた瞬間当たりだ、と脳へと認識が突き抜けた。ひどい腐臭《ふしゅう》。全体的にひどいが、ここは圧倒的だ。黒バエが辺りを飛び回っている。だが、畳《たたみ》敷きの部屋はサッパリしており、どこにも死体が転がっている様子がない。一体どこに。

その時、ぴちゃん、と場違いな音がした。部屋の隅から聞こえてきた。またぴちゃんと音がした。水滴が、水溜まりに滴《したた》り落ちる音だ。

ほどなくして、それはあった。その場にかがみ込むと、真っ黒な水溜まりができている。その時また目の前で血のクラウンが生まれ、消えた。

京也《きようや》は立ち上がり深呼吸をすると、ゆっくりと顔を上げた。

顔があった。

京也の息が掛かるほど近くに顔が逆さになってぶらさがっていた。振り乱した髪が重力法則に従い垂《た》れ下がり、鬼神を思わせる凶相になって京也に対して無言の叫びを訴えかけていた。眼球はえぐられたらしく虚《うつろ》になっていて、周りの闇よりさらに暗く、そこから髪の付け根に向かって血の涙を流していた。

死体はぶつ切りにされた上に、神棚の中に押し込まれていた。この臭いは血だけではなく、汚物《おぶつ》の臭いも混じっているに違いない。

「なるほど、今度は神棚か……やはり儀式的な殺人法ですね」

　そうひとりごちた。

「ここに御笠《みかさ》さんを連れてこないで正解でした」

　言ってから気付いた。自分は南雲《なぐも》御笠の存在を脳内から抹消したはずだった。なのにいつの間にか彼女の存在が浮上している。不思議なことだった。

　京也は生で死体を見たせいで自分の体が猛《たけ》っていることに気付くと、同時に自己破壊衝動とも言うべき強烈な自己嫌悪《けんお》に駆られた。

　携帯電話の液晶部分を死体にかざすと、闇の中死体の陰影がはっきりした。なにかエクスタシー公に繋《つな》がる証拠《しょうこ》はないだろうか。

　キチンと七つに解体されている。ブラッディユートピアの記事の通りだ。

　裂かれた腹腔《ふくこう》を明かりが照らしたとき、それに気がついた。腹の中になにかねじ込んである。ビニール袋の端がのぞいていた。そういえば過去の日本の凶悪殺人の中にも、殺された女性の腹に黒電話がねじ込まれていた事件があったなと思う。

　京也はナイフと携帯をしまい革手袋の指紋を服で強くぬぐってから、死体の腹の中に手を入れた。埋まるような感触とともに、妙な空洞があることに気がついた。すでに内臓は掻き出したのだろう。ビニールに包まれたものが徐々に明らかになる。やがて京也はその存在を悟った。ボイスレコーダーだった。

エクスター公が自分に残したのだろう。

殺人鬼から自分へのメッセージ。そんな刺激的な贈り物が趣向《しゅこう》を凝《こ》らして入っている。自分のためだけに。

急いで取り出そうとして、京也《きょうや》はボイスレコーダーの入った袋から銀糸が伸びていることに気がつくのが遅れた。

強く引っ張られた銀糸は死体から、数センチ隙間《すきま》が空いた襖《ふすま》に繋《つな》がっていた。

風切《かざき》り音と京也が体を捻《ひね》るのは同時だった。

「ッぐぁ！」

襖の隙間から発射されたボウガンの矢が京也の右肩に突き刺さり、強烈な痛みが全身を走り抜けた。思わずたたらを踏む、すんでのところで転倒は免《まぬか》れた。

血が飛び散ったかもしれない。だが、この闇の中でそれを確認することはできない。まずい、現場に飛んだ自分の血が警察に回収されたら面倒なことになる。

これがエクスター公の目的か。

いや、それ以前にエクスター公に煮詰めたニコチンを矢の先に塗るような知恵があったら自分はおしまいだ。身を捻って急所に刺さるのは免れたが、完全に嵌《は》められた。

京也は左手一本でビニールを破って中身のボイスレコーダーをポケットに乱雑に突っ込む

と、急いで転身した。

５０３を出て、エレベーターに乗る。まだエレベーターは同じ階にとどまっていた。

急に暗闇からエレベーターの光の中に出たせいか、つんのめってケージの壁に体当たりして止まった。そのまま、壁に寄りかかりながらズリズリと体が下がっていく。自分の息がひどく乱れていることに気がついた。

壁を見ると、隠蔽《いんぺい》しようのない血の線模様が描かれていた。立ち上がり回数ボタンを押す気力が吸い取られていく。

「まず……肩からこれを、引き抜かない、こと、には……目立って外にも、出れませんッね――」

息も絶え絶えのまま、右肩に刺さったボウガンの矢を見た。

京也は力を振り絞って、左手で右肩の矢をつかむ、普段の三分の一も力が入らなかった。脂汗《あぶらあせ》で顔中がべとついて不快だ。京也は思い切り矢を引っ張った。

「があああッ！」

手に力を入れた瞬間、背筋が引き絞られ、投げ出した足が弓なりにしなった。右肩の肉の中を引き裂く痛みで気を失いそうになる。やがて血と肉のこびりついた矢が薄紅《うすべに》色の汚れた絨《じゅう》毯《たん》に落ちる。一度止まりかけた血が傷口から溢《あふ》れ出てきた。上着が真っ赤に染まる。

「はぁ……はぁ……」

息を整えながら、京也《きょうや》は天井《てんじょう》を見た。頼りない蛍光灯の光の中、蛾《が》が数匹ひらひらとまとわりついている。左手にこびり付いた血を手で開閉させてもてあそんだ。にかわのように粘性《ねんせい》が高い。

何かしていないと気を失いそうだった。ここで意識をなくせば遠からず誰かに発見され通報されるだろう。それだけはなんとしても避けたい。

携帯電話を取り出したが、どうすることもできなかった。

登録されている番号は、みなブラッディユートピアの同胞《どうほう》のものだ。彼らとは直接の面識を持たないことを決めたのは京也自身だ。つまり京也は誰にも助けを求めることができない。

意識が危《あや》うくなってきた。出血が思ったよりひどい。

こんなところで終焉《しゅうえん》を迎えるのだろうか？　朦朧《もうろう》とした意識のなか、無意識に脳はなにか楽しかった思い出を探し再生しようとしている。

だが彼には何一つ楽しい思い出が浮かんでこなかった。

最初に始まった思い出は父になぶられる子どもの自分だった。悪鬼のような笑みだった。家族は何もできなかった。

ある日姉が父を殺した。

姉に助けられた京也に、だが安寧《あんねい》は訪れなかった。自分の体をいくら丹念《たんねん》に洗っても父親の腐液《ふえき》の臭《にお》いが取れなかった。京也は精神科医の診察を受ける前にカッターで自分の肉をこそげ

取り始めた。体に消えない傷が残った。

　中学に行っても高校に行っても、京也は傷を隠すため他人を拒絶するような革手袋と首まで覆《おお》った服を着て気味悪がられた。

　そのうち丁寧な言葉で話すことが一番他人との摩擦《まさつ》を少なくする方法だと学んだ。心と体を鎧《よろい》で覆う方法を身につけた。代わりに友人はできなかった。それでもよかった。いや、よかったはずだった。

　結局友人らしい友人を作らなかったことがいま助けを求める人物をなくし己《おのれ》を窮地《きゅうち》に立たせている。

「そうだ、私には、楽しかったッ、思い出など……何一つない。この世は、生きながらにしての……地獄」

　自分の瞳から涙が出ていた。痛みのせいだと信じたかった。

　まぶたが重くなって眠りにいざなわれているようだ。

　目を閉じかけた京也の耳にふいに自分を呼ぶ声が聞こえたような気がした。

　葬儀《そうぎ》場であった、髪の綺麗な少女だった。

「そうか、一人、ッだけ……」

　ブラッディユートピアの人間以外に番号登録をしている人間が一人だけいることに気がついた。それは母でも妹でもない、たった十日ほど前に出会った一人の後輩の番号だった。

もう贅沢《ぜいたく》を言っていられる状態ではない。自分はまた彼女を利用しようとしている。

コールが数回鳴ってから相手が出た。

「御笠《みかさ》……さんすみません、一つ、頼まれごとを、引き受けてくれませんか?」

電話口で絶句する彼女に矢継《やつ》ぎ早《ばや》に指示を下す。京也の息継ぎの間から漏れる手負いの獣《けもの》じみた呻吟《しんぎん》の声に、彼女は終始《しゅうし》こちらを心配する様子を見せた。

――あんなことを言って別れたあとなのに。

すべてを語り終えたとき、安堵《あんど》からか全身から力が抜けた。床に顔面が叩きつけられた瞬間、電話口から叫ぶように自分の名前を呼ぶ声が聞こえた。

泣きそうな声で「摩弥《まや》くん、摩弥くん」と。

3

南雲《なぐも》御笠が学校を休んだようだ。

チャイムが鳴り、校門が彼を拒絶するように無慈悲《むじひ》に閉ざされる。

十分も時間を遡《さかのぼ》れば、そこは学生が押すな押すなの群れを成《な》していたというのに、いまはまったく閑散《かんさん》としたものだ。

校門前の歩道を挟んだ塀《へい》の陰から、校門の様子を窺《うかが》っていた海藤信樹《かいどうのぶき》は、彼女が学校を休んだことに釈然《しやくぜん》としないものを覚えた。彼は小脇に裸の状態のノートパソコンを抱えている。最近ではこれなしだと外出しても落ち着かない。

昨日もここで見張っていたが、昨日彼女はキチンと登校してきた。見落としたのだろうかと思ったが、あんな目立つ二人組を見落とすはずだろうかと思う。

一緒に登校していた男の方は異様な格好をしている。高身長もさることながら夏なのにブレザーを着込んで、黒の革手袋をした風変わりな男だ。

彼女の身辺《しんぺん》を刑事を騙《かた》って聞き込みをしたので彼女の交友関係は海藤《かいどう》には明瞭《めいりよう》だ。

彼は摩弥《まや》京也《きようや》と言うらしい。つい最近彼女と行動を共にするようになった上級生だ。彼女の恋人なのかもしれない。だが恋人同士にある和気藹々《あいあい》とした雰囲気が感じられない。御笠《みかさ》の家の前で彼女が出てくるのを待てば確実なのだが、本物の刑事がうろついている可能性もまったくのゼロではないため自粛《じしゆく》していた。だが、もうそんなことを言っている場合ではないのかもしれない。

海藤は自分の欲求がパンパンに膨《ふく》らんでいるのを自覚していた。

御笠に一刻も早く姉のあとを追わせてあげたかった。彼女は姉の死で非常に悲しんでいるはずだ。そういう彼我《ひが》を超越した天国へと姉妹仲良く送ってあげたいのだ。

海藤がその場を去ろうと踵《きびす》を返したその時、校門に向かって駆け込んでくる女生徒が二人。偶然にも海藤の知る人物だった。

「あーもう遅れちゃってるじゃなーい」

眼鏡《めがね》をかけたオサゲ髪の少女はきつい目をして隣の少女を睨《ね》め付ける。本気で怒っているわけではないのだろう。

「ゴメン、ほんっっとゴメンね」

それを受けて潑剌《はつらつ》とした髪を短めにした少女が拝《おが》むようにする。こちらはどこか挙措《きょそ》動作に演技くさいものが感じられた。

御笠と仲の良い友人二人だった。たしか名前は——

手帳をパラパラとめくりながらそれを見つける。荻原明美《おぎわらあけみ》と新谷恵《しんたにめぐみ》と書き込まれている。

彼女たちなら御笠がどうして学校に来ていないか知っているかもしれない。

御笠ほど突出《とっしゅつ》したものはないが、二人ともなかなかの上玉だ。十分に天国行きの資格がある。

海藤は鼻声にならないように、軽く発声練習をすると彼女たちに声をかけた。

4

京也が重い両まぶたをゆっくり開いたとき、最初に見たものはオレンジ光に照らされて、淡く光る御笠の大きな瞳だった。彼女の瞳にうつり込んだ自分の姿のなんと無様《ぶざま》なことか。

彼女は泣き腫《は》らしたのか目のまわりが真っ赤になっている。なぜ自分のために泣く必要があるのか理解不能だった。

「摩弥《まや》くん、起きたの？」

「……ええ、なんとか」

彼女は泣き笑いのような微笑《ほほえ》みをする。身を起こそうとすると諫《いさ》められた。

ここはおそらくこの前侵入した御笠《みかさ》の部屋だ。部屋の中はまだ暗い。おそらく一、二時間ほどしか経っていないに違いない。オレンジ色の光は傘の形を模した電気スタンドの明かりだった。ほの明かりの中で見る彼女は非常に美しかった。カラスの濡《ぬ》れ羽《ば》色に美しく光る髪に触れたい衝動に駆られる。

だが、それどころではない。もう一度、今度は御笠の静止を振り切って起き上がった。自分の右肩には上手《じょうず》に包帯が巻かれていた。

「もうお暇《いとま》します」

「駄目、まだ安静《あんせい》にしてなきゃッ」

「これ以上迷惑をかけるわけにはいきません。私と君はただの——」

彼女の顔を窺《うかが》い、息が詰まった。彼女は突然突き飛ばされたときのように、信じられないといった眼で京也《きょうや》を見たからだ。

「摩弥くん……『私と君はただの』なに？」

京也は彼女から目を逸《そ》らした。チャット上ではあんなにすんなり出た言葉が喉《のど》につっかえた。

「私と君は――ただの他人です」

瞬間、京也は頰を張られていた。乾いた音ばかりが大きくて、まるで痛くはなかった。御笠は目から涙を溜めていた。まるで彼女の方が殴られたような顔だった。

「バカ！　摩弥くんのバカッ。あたし、摩弥くんの連絡受けて行ったら、エレベーターの中が血だらけで、その中に摩弥くんが倒れてて、もうホント泣きたくて、でもがんばって言われたとおり、お父さんのスタジャン上から着せて、摩弥くん引きずってタクシーに乗せて、家族に手伝ってもらって二階まで運んできたんだよッ？」

「その点は感謝しています」

少し肩口が軋《きし》んだが、そんなことは些細《ささい》なことだった。

「なにがあったの？　行ったんだよね、呼び出された場所に」

「ええ、しかしエクスター公に殺された新たな死体が一体あっただけです。私はエクスター公が仕掛けた罠《わな》を馬鹿正直にもらってしまいました」

「死体……があったんだ」

彼女の顔が青くなる。続けて、

「なんで警察も救急車も呼ばなかったの？」

「私があの場にいた説明ができません」

「摩弥《まや》くんはいつも自分の命を危険にさらしているように見える。まるで死に急いでるみたいで見てて怖いよッ」

「そんなことはありませんよ。私は臆病《おくびよう》な人間です」

「嘘《うそ》だよ、じゃあ罠《わな》の可能性も考えずに呼び出し場所に行ったの?」

「それは……」

返す言葉がなかった。なぜあの時自分はろくな準備もせずに思いつきでメゾン・ド・ゴルディオンに入っていったのだろうか? ある一つの結論に達して、京也《きようや》は必死にそれを頭から追い払う。

認めたくなかった。自分が御笠《みかさ》との仲違《なかたが》いを理由に『ヤケクソ』になっていたなんて。

「ねえ、いまの摩弥くんは摩弥京也なの? それともヴェルツェーニなの?」

彼女の瞳に怯《おび》えはない。むしろいま怯えているのは京也の方だった。彼女は逃げず欺《あざむ》かず韜《とう》晦《かい》せず京也に正面からぶつかってくる。

その誠実さが京也にかえって恐怖を喚起《かんき》させる。彼女の質問一つ一つは、京也にとって驚くほどクリティカルなものばかりだった。

「わかりません」

「そっか……」

少しの間、気まずい沈黙が流れた。

京也は肩に巻かれた包帯を緩《ゆる》めようとする。止血《しけつ》のためきつく巻いたのだろう、完全に血がとまったため、いまの段階では血液の循環《じゅんかん》を妨《さまた》げない程度に緩めた方がいい。

そこで京也は自分の着ていた服が脱がされ、オフホワイトのバスローブのようなものを着せられていることに気がついた。

「御笠さん、私の体……見たのですか？」

「うん……見たよ」

彼女の決然とした瞳は、京也のコンプレックスの塊《かたまり》のような体を見ても揺るがなかった。切り傷刺し傷えぐり傷で彩《いろど》られ、かさぶたの上をかさぶたで覆《おお》った醜《みにく》い体だというのに。

「どう思いましたか？　やはり気持ち悪いものだと思いましたか？」

「怖かった。こんなに思い詰めてた摩弥くんが怖かった。でも、あたしは嫌いじゃない、だって摩弥くんが傷の数だけ苦しみ抜いた跡だって知っちゃったもん。嫌いになんてなれないよ」

胸にこんこんと湧くこの感情の正体がわからない。いや、わかろうとしてはいけないのではないか。それを理解してしまうことは自分が弱くなってしまうことに等しい。

「御笠さん、正直いまでも私は、君がこの事件にこれ以上コミットすることに反対だ」

「まだそんなこと言ってるの摩弥くん」

「しかしもうそんな段階ではありませんね。とりあえずはまず仲直りしませんか？　私は自分の非礼を詫《わ》びます」

「うん」

京也《きょうや》が動く左手で差し出した握手を御笠《みかさ》が受けた。今更《いまさら》という感じで何とも言えない、面はゆい空気が流れてやがてどちらともなく手を離した。

「そういえば、先ほど意識を失った私を、家族の方がここまで運んだと言いましたが……」

「ああ、アレね、大変だったんだよ。肩口に大きな怪我《けが》があって、家族中大わらわ。病院に連れて行くって聞かなかったんだから」

「よく言いくるめられましたね。理解のある家族だ」

「でもあとで絶対理由聞くからなってお父さん言ってたよ」

「そうですか。じゃあいまから嘘《うそ》の言い訳を考えておかなければなりませんね。実は私が某《ぼう》国からの不法入国者で保険証どころか日本国籍《こくせき》すらも持っていないという設定はどうでしょうか?」

「いま明かされる衝撃の真実って感じのキャプションが付きそうだね。でも大丈夫だよ、いますぐ言い訳考えなくても」

「どうしてですか?」

「いま家族はあたし以外出払ってるもん」

京也の顔色が変わった。

「なぜ、出払っているんです」

「え？　それは……傷心を抱いて旅に出るっていうやつ……なんだと思う。正直あたしはお姉ちゃんのことをそういう風にして忘れようとするの反対だったし、それに摩弥くんが家から出るなって言ってたから行かなかったよ。だからお父さんとお母さんは摩弥くんの容態《ようだい》が落ち着いたのを見て行っちゃった」

なんてことだ。京也の胸に焦《あせ》りの色が浮かぶ。

「いますぐ追いかければまだ間に合うはずです。君も一緒に行った方がいい」

御笠は首を傾《かし》げるような動作を見せ、

「どうして？　でもどうせ間に合わないよ。出て行ったの朝のことだし」

「朝？　でも君のご両親は夜に私を上まで運び込むのを手伝っている」

彼女の顔が合点がいったように頷《うなず》いた。

「ああ、もしかして摩弥くん気を失ってからそんなに経ってないと思ってる？」

「思っています。違うのですか？」

「うん、摩弥くんがここに運び込まれてから丸一日経ってるよ」

少々面食らう事実だった。ならばいまこの家には御笠と京也しかいないということになる。

彼女の家族は京也と御笠の関係をなんだと思っているのか。

「学校はどうしたんですか？」

彼女は苦笑するだけだった。自分に付き合わせて休ませてしまったのだと思い至る。彼は続けて聞いた。

「何泊する予定なのですか?」

「三泊四日……だったかな」

「君はッ!　自分が狙われているという自覚があるのですか?　家にいろといったのは家族といれば安心だと思ったからです」

「……心配、してくれてるの?」

「違います……」

いえ、そうですね、と京也《きょうや》はすぐに訂正した。ここで変な意地を張る必要はないと自分に言い聞かせた。

これはいよいよ覚悟を決めた方がいいかもしれない。

京也は御笠《みかさ》の正面に立ち、居住まいを正すとその双眸《そうぼう》を見据えた。

「御笠さん、ここを出てしばらく一緒に住みませんか?」

「え、えええええ!」

彼女が素《す》っ頓狂《とんきょう》な声をあげた。

「そそそ、それってどういう意味なのかな?」

「読んで字の如《ごと》くです。両親が帰ってくるまで適当な部屋を借りて、念のため私も一緒に住みます」

「ふ、二人で生活……」

頬は紅潮《こうちょう》しており、なにか変な想像に思い至ったのか急いで頭を振っている。

「言っておきますがかなり殺伐《さつばつ》した生活になると思いますよ」

「で、でもそんな一朝一夕《いっちょういっせき》で部屋なんて見つかるのかな？」

「私のクラスメイトに加倉井《かくらい》という男がいるのですが、彼は流行《はや》ってないマンションの管理人の息子なんですよ。彼に頼んで空いている部屋を一部屋都合してもらいましょう」

「い、いまから……」

「勿論《もちろん》です」

「体、動かせるの？」

身を起こして、患部《かんぶ》を揉《も》んだり軽く曲げ伸ばしたりしてみた。

「ええ、関節を曲げなければ痛みもありません」

丸一日のブランク、その一日は筋トレもさぼってしまったということだ。普段の日課が損《そこ》なわれるというのは存外《ぞんがい》不快なものだ。

「ちょっと待ってて、替えの包帯取ってくるよ」

そう言って御笠が慌《あわ》ただしく下に降りていく。

京也は溜息《ためいき》をつき周りを見渡した。自分の上着が壁に掛かっていることに気がついた。上着の中身をあらためると、あの時持ってきたボイスレコーダーが見つかる。まさか御笠《みかさ》に聞かれていないだろうか、と一瞬心配したが、自分の怪我《けが》を治すのに奔走《ほんそう》していたらしいのでそれはないだろう。

京也《きようや》は一番最初まで巻き戻されているのを確認すると、再生のボタンを押した。

突如大音声《とつじよだいおんじよう》で女の絶叫が流れた。耳を聾《ろう》するような、聞く者の精神を掻きむしるような悲鳴だった。京也は音量がＭＡＸになっているのに気付かずに再生を押したのだ。急いで音量をギリギリまで絞り自分にしか聞こえないように左耳にボイスレコーダーを押しつけた。時間にして一秒も流れていないはずだが、御笠に聞かれていないとは言い切れない。

悲鳴は一旦《いつたん》やんだかと思うと、また続き、時折「やめて」「殺さないで」等と懇願《こんがん》する声が聞こえた。あのマンションで見た女性の声だろう。その後はまた悲鳴だった。

京也は断末魔《だんまつま》の絶叫を聞きながら、だが体は正直に反応していた。恐ろしいまでの興奮状態だった。

「やってくれますね。エクスター公は」

その時、階段を上がって来る足音が聞こえた。慌《あわ》てて再生をとめると枕の下にボイスレコーダーを隠す。

「ゴメンね、ちょっと遅れちゃって」

「いえ、問題ありませんよ」

彼女には悲鳴は聞こえなかったらしい。僥倖《ぎょうこう》だ。京也はされるがままに包帯を替えてもらい一息つく。結局このボイスレコーダーからエクスター公に繋《つな》がる情報はなさそうだ。

ふと、自分が寝ていた一日という時間がひどく長く感じられた。

「御笠さん、私が寝ていた一日の間、なにか世事《せじ》に変化はありましたか？」

あ、とつぶやくと、彼女の表情が急に翳《かげ》った。彼女は電気スタンドの脇に置いてあったテレビのリモコンを取り出すと、無言のままつける。

それは、バラバラ殺人の被害者が六人目を数えたというニュースだった。

新たに三体も死体が見つかったらしい。

その中には当然京也が見たメゾン・ド・ゴルディオンのものもあった。

5

そこは八畳《じょう》一間の小さな部屋だった。部屋の半分の面積をセミダブルのベッドに占領されており、壁にはメタル系のバンドらしきポスターが貼られている。床には乱雑に漫画本とゲーム機が散らばっており、参考書が入った本棚と机が隅に押しやられている。こちらは使われた形跡がほとんどなく綺麗なものだ。

戸口に立つ影が三つ、街灯に照らされているせいで部屋の中に向かって長く伸びている。

「住人の粗雑《そざつ》な人となりが偲《しの》ばれますね」

顎《あご》に手を当てて観察するように部屋の中を見渡した京也《きょうや》が言い放った。

「オイコラ、てめぇ本人を目の前にして、んなこと言うたぁいい度胸じゃねぇかよ」

髪を逆立てた凶相の男、加倉井《かくらい》が京也を睨《にら》みつける。

「そうだよ。いきなりなのに部屋を用立ててくれただけでも十分ありがたいんだから」

その二人より背の低い影、御笠《みかさ》が応じた。

「にしても、大して親しくもねぇお前がいきなり夜中に頼み事だもんな。こりゃよほどの一大事かと思ってみりゃぁよ……」

そう言って加倉井は横目で御笠を見た。御笠は、面相だけは立派に恐ろしい加倉井に睨まれ縮《ちぢ》み上がっている様子で、それを受け、加倉井はなぜか優越感でもって御笠を見下している。

「な、なにかな?」

加倉井は問いには答えず京也に向き直った。

「女連れ込んでよろしくやる部屋を用立てろとはな。お前も立派なヤンキーだな」

「御笠さん、私たちが二人でいると行く先々であらぬ誤解を受けますね。どうしてでしょうか?」

「さ、さあ、あたしにはちょっと」

やはり御笠の顔色は恥ずかしさを秘めて俯《うつむ》いている。彼女は人柄がよいので表だって口には出さないが、やはり自分のような傷だらけの醜《みにく》い男と恋人同士だと勘ぐられることに言いようのない羞恥《しゅうち》に耐えているのだろう。彼女にはすまないことをしているな、と京也は改めて思った。

「気に入りました、ここで結構です。四日ほど貸してもらえませんか？」

「はっ、ここはオレの隠れ家だぞ、気に入って当然よ」

「あなたは両親の許可もなしに、マンションの空き部屋を私室に改造してしまったのでしょう？」

「両親のものってことはオレのものでもあるわけだろ？」

「……あなたの両親のご苦労が目に浮かぶようです」

「ぬはは、なんたってオレはヤンキーだからな。迷惑かけて当然よ」

豪快に笑う加倉井、御笠は加倉井のキャラをつかみかねて首を傾《かし》げている。

「お二人はお友達なんですよね？」

「違いますね」

「違うな南雲妹」

京也と加倉井が足並み揃《そろ》えた否定をする。

「あ、あれ。違うの？」

京也はなぜこんな変人と友達だと思われているのか理解不能だった。共通していることと言えばクラス内で特定の友人がいないことぐらいだろうか。

だが、隣に目を走らせれば、加倉井《かくらい》もなんでこいつと、と言いたげな目をしてこちらを睨《にら》んでいた。案外自分と加倉井は端《はた》から見ると目くそ鼻くそなのではないだろうか？

いやまさか、と頭をゆっくり振る。

「ほらよ、カギだ、なくすなよ」

そう言ってカギを放ると、彼は背を向けて歩き出した。が、慌《あわ》てたように振り向くと、京也に向かって叫んだ。

「おい、机の引き出しの一番上は開けるなよ。開けたらぶっ殺すからなぁ！」

「十中八九《じっちゅうはっく》ポルノグッズの類《たぐい》でしょうから、あえて開けるような無粋《ぶすい》な真似《まね》はしませんよ」

「てめぇぶっ殺す！　明日覚悟してろよコラ」

彼は中指を立てると、そのまま大股《おおまた》で歩き去っていった。

京也は彼が視界からいなくなるのを確認すると、ズケズケと中に踏み込む。邪魔《じゃま》なゲーム機と漫画を足でベッドの下にどけると、皺《しわ》が寄らないようにか神経質に延ばされたシーツの上に腰掛けた。スプリングがよく効いていて、跳ねるような弾力が返ってくる。まるでトランポリンのようだ。

御笠《みかさ》は興味深そうに部屋の中を眺めていた。

京也には考えることがあった。新たに見つかった死体についてだ。

ここに来る前、京也は家に一度帰っている。

勿論《もちろん》母と妹に怪我《けが》が大事ないことを伝え、外泊の許可をもらうためだ。

その中途、勿論《もちろん》ブラッディユートピアも覗《のぞ》いた。

『月森《つきもり》市連続バラバラ殺人事件』とタイトルが打たれたこの事件は、ブラッディユートピアでは異様なほどの盛り上がりを見せていた。

京也が見つけたマンションでの死体以外に他に二人、月森の林の中に死体が投げ捨てられていたらしい。一人は柳瀬勘吉《やなせかんきち》、四十歳の男で、死体の状態から見て、殺されたのは第一のバラバラ殺人の被害者、西條忍《さいじようしのぶ》が殺されたすぐ後にあたるらしい。もう一人は坂東貴美子《ばんどうきみこ》、二十六歳・女、こちらはそれ以外の詳しい情報は記載されていなかった。

記事を書いた人間によると、両者とも、早朝のジョギング中にやられたのではないかとの考察があった。たしかに月森の林はハイキングや散歩道として利用している人が多い。

死体はやはり七つに解体、祠《ほこら》に押し込められていた第二の殺人を含めて三名も月森内で殺されている。

いま月森では大規模な山狩りのようなものが行われているらしい。まだ月森の林の中には物言わぬ死体が発見されるのを待っているのでは？　と思うのは当然だろう。

エクスター公は自分で決めたルールを遵守《じゆんしゆ》するタイプの人間だと思っていた。が、この記載を見てわからなくなった。

京也《きようや》がこれを見て、首を捻《ひね》らざるを得ない箇所《かしよ》が数多くある。

「しかしエクスター公はなぜ……」

「ん、なにか言った摩弥《まや》くん?」

好奇心に瞳を輝かせながら部屋の中を見ていた御笠《みかさ》がこちらを振り返った。

「いえ、なんでも。しかしさっきから御笠さん随分《ずいぶん》と物珍しそうに部屋の中を見ていますが、なにか面白いものでもあるんですか。私にはどうひいき目に見ても小汚い部屋にしか見えないのですが」

「あたし男の人の部屋とか入るの初めてなんだ」

「そうですか、よろしければ今度私の部屋もお見せしましょう」

彼女の表情が一瞬華やいだが――途端に気色《けしき》ばんだ。

「……拷問《ごうもん》器具とか置いてないよね?」

「なにをして拷問器具とするかの問題ですね。身近な物でも十分に拷問器具になり得ます。たとえば旧日本軍は被拷問者に竹串《たけぐし》をツメの間に突き入れて、串の後ろ端に火をつけて拷問としていたそうです」

彼女は短い叫び声をあげてツメを隠した。

「やめてよ摩弥くんッ、そういう話するの」

「すみません御笠さん、いつもの癖《くせ》でつい。大丈夫です、私の部屋は至って普通ですよ」

「そうなんだ。じゃあ……ちょっと行ってみたいな」

「ええ、いつか君が訪れるのを楽しみにしてます」

「うん、じゃあこの事件が解決したら。約束だよ」

「わかりました、覚えておきましょう」

その後、御笠が飽《あ》きるまで部屋を見渡した後、ユニットバスを使う順番や料理当番が暫定的《ざんてい》に決められた。が、一つ困った問題が残った。

「じゃあ最後に一つ……ベッドが一つしかないんだけどどうしようかな」

「なるほど、これは切実ですね」

「あたしが床で寝てもいいよ。摩弥くん怪我人だし」

「いえ、こういう場合の相場《そうば》は女の人がベッドを使います。私はベッドの下に潜《ひそ》んで御笠さんを外敵から守ることに専念しましょう。そうですね、素手《すで》だと寂しいので武器は斧《おの》あたりを携帯しましょうか」

「都市伝説の『ベッドの下の斧男』みたいで怖いよ摩弥くんッ、絶対やめてね！」

結局公平を期すためにベッドの間についたてを築いて二人の間を遮断《しゃだん》することにした。妙《みよう》案《あん》だと思ったが意外な欠点があった。スプリングが効いているため、相手がついたての向こうで寝返りを打ったりすると振動が伝わってくるのだ。

これは色々な意味でお互いによろしくない。

京也《きょうや》にしてみれば薄い布張りのついたての向こうから衣擦《きぬず》れの音や、呻《うめ》くような「んっ」と悩ましげな声が聞こえてくるのは、精神衛生上いかんともしがたい。

ふと、京也は自分が不能者でなければどうしただろうかと思ってしまう。

お互いろくな着替えの用意もしていないので自分は私服のままベッドに横たわっている。それがまた寝苦しさへと起因しているのは間違いないだろう。

京也は仰向けになりながらも慣れない左手で懐《ふところ》に忍ばせたナイフを展開させた。闇の中、白刃《はくじん》が京也の意志を問うように照り映《は》える。

ついたて越しに彼女の臓物《ぞうもつ》を切り刻むことも不可能なことではない。寝込みを襲うのだから怪我《けが》をしていることなどハンデにもならないだろう。だが京也はそうしなかった。

自分はマージナルだ。京也はまずそうやって押さえ込もうとする。超えてはならない一線がある、と。だが、脳内の妄想《もうそう》は日増しにひどいものになってきている。

京也が凶行にまで至らないのは異性を殺したいという衝動を覚えると、同時に罪悪《ざいあく》感と自己嫌悪《けんお》がフィードバックされてくるからだ。

だがいまの御笠《みかさ》は京也にとってよくわからないファクターだ。

いつか規則正しく振れていた振り子が振り切れてしまうかもしれないという恐怖が京也には常にあった。一番恐ろしいのがいまのように御笠と付き合う生活が長く続けばすぐにでもそれが起こり得そうなことだった。

　京也はなるべく身動きをしないように心がけていたが、ふとした振動で隣の彼女が起きた気配がした。音を立てないようにブレードを格納して懐に戻す。

「起こしてしまいましたか御笠さん？」

「……うん、大丈夫」

　ついたての向こうで御笠がこちらを向き直るのがわかった。摩弥くん、と彼女は続けた。

「ねぇ、あたしのことこんなに必死になって守ってくれるのって、やっぱり摩弥くんよりあたしの方が狙われる可能性が高いってことなの？」

　眠そうな声音だったが、彼女の問いには例の鋭《するど》さがあった。

「隠していてもしょうがありませんね。ええ、これだけ時間が経ってエクスター公が私に接触を図ってこないということは、多分いま危ないのは私より君、ということになります」

「そう、だよね」

　御笠が沈黙したのでそれきり会話は終わりという意味だと京也は受け取った。だが、虫の奏《かな》でる音律を聞きながら宙を睨《にら》んでいると声が随分《ずいぶん》遅れて返ってきた。

「あのね、あたし明日はいい日になりそうな気がするの」

「突然どうしたんですか？」

「うん、ちょっとそう思っただけだよ。明日になったら全部片づいて、またいつも通りの日常に戻れる。そんなこと考えてたの。おやすみ摩弥《まや》くん」

「おやすみなさい御笠《みかさ》さん。そう……なるといいですね」

だが、結局そうはならなかった。

翌日、二日ぶりに学校を訪れた二人に荻原明美《おぎわらあけみ》と新谷恵《しんたにめぐみ》の失踪《しっそう》が告げられた。

四章　調理

1

　ある日御笠《みかさ》は居間で電池の切れかけたアナログ式の時計を見つけた。秒針が重力に負け、四十五秒の付近から上に上がれないのだ。痙攣《けいれん》するようにピクピクと動く秒針を見て、御笠は「あれはあたしだ」と思った。

　その頃、御笠は体育の授業の逆上がりができずに恥ずかしい思いをしていた。あの秒針は逆上がりができずに苦しむ己《おの》の似姿のように見えたのだ。

　ならばあの長針と短針はなんだろうか。

　あれは姉の小百合《さゆり》だ。秒針がぐずぐずしているせいで自分まで同じ位置で停滞《ていたい》していなければならないのに、不平も言わずただじっとできの悪い御笠を見守っている。

　自慢の姉だった。けれども彼女は殺されてしまった。支えを失った御笠は自分で立つことすらままならない。

　いま御笠が立ち上がっていられるのは親友の明美《あけみ》と恵《めぐみ》の存在。もう一人、つい最近知り合った少年のおかげだ。彼らがいなくなってしまったら御笠は今度こそ立ち上がることができなくなるに違いない。

「あたしのせいだ。あたしのせいであの二人が……」

御笠は地盤が足下から崩壊《ほうかい》するような喪失感《そうしつかん》に苛《さいな》まれている。

「落ち着いてくださいさい御笠さん、まだ彼女たちがどうにかなったと決まったわけではありません」

表情の変化は乏《とぼ》しいが、その中にも御笠に対するいたわりが感じられる。彼自身も降って湧いたような事態に困惑《こんわく》しているというのに、御笠は京也《きょうや》の強さに寄りかかってばかりだ。

頬を少し強めの風が撫《な》でていく。場所は学校の屋上、辺りに人の気配はない。もう一限目の授業はとうに始まっているのだ。御笠が二人の失踪《しっそう》の報を京也に伝えると、彼は無言でここに連れてきたのだ。

鍵《かぎ》さえ掛かってないものの、現在屋上への出入りは固く禁じられている。屋上のフェンスの一部を誰かが壊していて危ないというのがその理由だった。

「どうしよう、あたしあの二人に何かあったら――」

「お二人は無断で外泊などをすることが間々《まま》あるのですか？」

御笠は俯《うつむ》いたままかぶりを振る。彼女たちに限ってそんなことはあり得ない。

彼女たちは高校に入ってからできた友達だった。付き合いこそ短いが、親友を付き合いの長さの尺度《しゃくど》で計るのは違うと思っている。

「偶然、だよね。二人がいなくなっちゃうわけないよね」

京也《きょうや》はいつになくしかつめらしい顔をして沈黙を返した。

御笠《みかさ》は聞きたくもない問いをしなければならなかった。

「ねえ、もし……もしもだよ、二人がエクスター公にさらわれたのだとしたら、それってあたしのせいなのかな」

京也は少し考え込むようにして、

「違います。エクスター公は自分の好みのタイプの女性を狙っています。要は彼の好みの人間なら誰でも被害者になり得るのです。君のせいなんかじゃありませんよ。お願いですからこれ以上自分を責めないでください」

御笠は奮起《ふんき》して立ち上がる。京也に向き直ると、彼も頷《うなず》いた。

「では今日は二人で彼女たちがいそうな場所をしらみつぶしに当たってみましょう」

御笠は大まじめな顔で頷いた。言われなくてもそうしようと思っていた。

授業が終わった後、御笠は率先《そっせん》して彼女たちが行きそうな場所をまわった。今回京也は御笠のあとに大人しく付き従っている。御笠の方が二人についてよく知っているので彼女に下駄《げた》を預けたのだ。

カラオケボックスやゲームセンター、映画館も一応まわってみた。

が、成果は挙がらず目撃情報もない。もしかしたらひょっこり帰ってきているかもしれないと自宅にも連絡してみたが、疲れと不安の入り交じった家人《かじん》の回答は、否《いな》というものだった。

不安がまたぶり返して、後ろ髪を引かれる思いで京也の方を度々《たびたび》振り返ると、彼は大抵携帯に目を落としていた。真剣そのもので視線だけで物を斬れるかのように鋭《するど》い。

「なにしてるの？」

彼の携帯電話の用途はネットで知り合った人たちとの連携用だと前に彼の口から聞いたのだったが、それを使って具体的にどういう連絡を回しているのかは聞いていなかった。

まだ摩《ま》弥《や》京也という人間には謎の部分が多い。いや、ヴェルツェーニに謎の部分が多いと言うべきなのかもしれない。

彼は顔を上げると視線を緩《ゆる》める。彼は御笠の顔色から何を感じ取ったのか一つ頷くと、

「今更《いまさら》隠し事はしませんよ。実は少し前から不審者の目撃情報を募《つの》っているんですよ。昨日分の情報をまとめて、怪しい人物をリストアップしてるんです。大分絞り込みはできたんですがそこから先がどうにも」

「そうなんだ。水面下で摩弥くんは色々やってたんだね。凄いな」

皮肉も衒《てら》いもなく彼の、先の先を読む能力に感心していた。

「そんなことはありませんよ」

だが、瞳の下に薄く隈《くま》ができている。連日の事件で彼もまた消耗《しょうもう》しているのだ。御笠たち

を事件の渦中《かちゅう》に引き込んだエクスター公爵の娘という連続殺人鬼に対する恨《うら》みがふつふつと湧いてきた。

「一人殺せば、満足じゃないのかな……」

「なんですって？」

御笠《みかさ》が独り言のようにつぶやいた言葉を京也《きょうや》は聞き逃さなかった。が、彼女の方は深く考えての発言ではなかったので慌《あわ》てて論理で補強しようと試《こころ》みる。

「ああいう風に人を殺したがる人って一人殺して満足しないのかな。他の人を殺したくなっても最初の殺人を回顧《かいこ》したりしながら妄想《もうそう》に浸《ひた》ってれば二人目を殺そうなんて思わない……はずだよ」

我《われ》ながら滅茶苦茶な論法だった。その言い分は、一人を人身御供《ひとみごくう》に殺人鬼に捧《ささ》げるからこれ以上殺さないでくれとと言っているようなものだ。まるで人殺しを肯定《こうてい》しているようで、御笠は慌てて意見を撤回《てっかい》しようとした。だが、彼が答える方が早かった。

「御笠さん、君は甘すぎます。彼のようなオーバーラインはそのようなことでは止まりません。それに……御笠さんのような女性の前で言いたくはないのですが、これは歴《れっき》とした強姦《ごうかん》殺人です。被害者は暴行された跡があり、犯人が暴力で手折《たお》って快楽を得ようとしているこの事件は、エクスター公を誰かがとめない限り永遠に続くでしょう」

一呼吸置くと、彼はなぜか首を傾《かし》げながら続けた。

「けれど、御笠さんの意見で一つ気付かされたことがあります。この種の殺人事件は被害者の身に着けていた下着や装飾品、あるいは被害者の体の一部などが盗まれることがよくあります。それは犯人が盗んできた物を使ってあとで殺人を回顧するからです。けれど私の情報網に被害者がなにかを盗まれたという情報は入ってきていません……不思議ですね」

それきり彼は考え込んだままだった。

そこまで気にするほどのことではないような気がしたが御笠は黙っていた。

その日、明美《あけみ》と恵《めぐみ》の足取りはこれ以上追えなかった。

昨日からの新居になっているマンションに戻ってくると、徒労感《とろうかん》がいやましてくる。

足取りは肉体的、精神的に深いダメージを受けてふらふらしていた。

姉が死に、友が消え、そして次は何が起こるのか。もうこれ以上不幸なことはないに違いない。いや、もう一人、御笠には絶対いなくなって欲しくない人間がいた。

「御笠さん、少し調べたいことができました。すぐ戻ってきますので鍵《かぎ》をかけて家の中にいてくれませんか」

「え、摩弥《まや》くん？」

御笠は自分の耳を疑った。

「聞こえませんでしたか？　少しの間家に戻ってきます」

そう言って御笠の返答すら聞かずに踵《きびす》を返そうとしている京也を見て、恐ろしい想像が鎌《かま》首《くび》をもたげた。

ふらっと出て行った京也がそれきり帰らず、暗い部屋にただ一人きり彼が帰るのを待ちつづける自分だ。そしてある日、親友と一緒に彼の無惨《むざん》に打ち捨てられた死体が見つかる。

御笠《みかさ》はそんな様を想起《そうき》して怖くて震えが止まらなくなった。

「だ、駄目ッ」

彼の袖《そで》をつかもうとして、自分の疲れ切った肉体が予想以上に摩耗《まもう》していることに気がついた。目眩《めまい》がして、ふらついた足取りで彼をつかむと、そのまま引き倒すように倒れ込んでしまった。

固い床に頭を打って、脳内に星が飛ぶ。

痛む頭をさすりながら、御笠がおそるおそる目を開けると——

そこに、触れ合うくらいの鼻先に、京也《きょうや》の顔があって心臓が止まりかけた。御笠の上に覆《おお》い被《かぶ》さるようにその体があった。思わず身を固くして自分を抱くように胸の上で両手を交差させる。

彼の切れ長の黒瞳《こくどう》がこちらの瞳を覗《のぞ》き込んでいた。

自分の頬が紅潮《こうちょう》していることに気がついて、顔を逸《そ》らす。心臓が壊れるくらい激しく打っていた。

自分の体が汗臭くないだろうかと、ふと場違いな考えが脳裏《のうり》をよぎる。

それからどれくらいの時間が流れただろうか。ほんの数秒のような気もするし、永久に近い時間が流れ過ぎたような気もする。

「摩弥《まや》くん、あたしね……あたし、摩弥くんのこと——」

——あれ？　あたし何を言おうとしてるんだろう？

ボーッとした頭の中で、御笠は自分の心の中でまだ明確な形になっていない感情を無理矢理言葉にしようとしていた。

逸《そ》らした顔を正面に戻す。そこで信じられない光景を見た。

彼が両手で自分の顔面をつかむようにしながら苦しげに低い唸《うな》り声をあげているのだ。

「どうしたの摩弥くんッ！　どこか痛いの？」

動転した御笠は彼の腕をつかみながら揺すぶる。なにが起こっているのかまったくわからなかった。

すると両手で顔を覆っていた彼の手がずれて、彼のぎょろりとした目玉が露《あらわ》になる。

その目玉は御笠の姿を認めると、一際《ひときわ》大きく見開かれ、まるで目玉が内側から膨張《ぼうちょう》するように飛び出した。それはやがて歓喜に打ち震えるように細まる。まるで獲物《えもの》を見つけた捕食者《ほしょくしゃ》のようだった。

御笠の口から短い悲鳴がほとばしり、それでも健気《けなげ》に彼に声をかける。

「摩弥……くん？」

「うるさいッ……来るなッ！」

彼が初めて御笠《みかさ》に対して丁寧《ていねい》な言葉遣いをやめた。

それは明確な拒絶だった。

足下が震え、口元を両手で押さえ、

「ごめんなさいッ」

御笠は外に飛び出していた。

走りながら何が悪かったのかと自分を問い詰めた。

やっぱり無理矢理想いを伝えようとしたのが駄目だったんだ。

自分一人でのぼせ上がっていて、彼はまったく自分のことなんか何とも思ってなかったんだ。そう思うと熱いものが込み上げてきた。

でたらめに走って、息が切れて立ち止まる。

電柱に手をついて息を整えると、今度は嗚咽《おえつ》が込み上げてきた。

——拒絶された。

「だめだ、あたし、やっぱり泣き虫だ」

電灯の明かりのもと、彼女は声を殺して泣いた。

2

京也《きょうや》は顔面を押さえ頭を掻きむしった。

そのまま獣《けもの》のような咆吼《ほうこう》をあげて壁に頭を打ち付ける。何度も何度も狂ったように打ち付けてようやくその衝動は引っ込んだ。

全身不快な汗まみれだった。洗面台に行き、顔を洗う。方形の鏡の中に映り込む自分の顔は憔悴《しょうすい》して目元が垂《た》れ下がり、幽鬼《ゆうき》のように青白く見える。

危《あや》うく御笠の命を奪ってしまうところだった。

彼女の官能的な体つき。軽く放射状に散った髪、体の線は細く、それでいてでるところはきちんとでている。白くきめこまやかな肌はうっすらと薄桃色に染まり、浅く上下する胸元は、白いシャツから下着が薄く透《す》けていた。

潤《うる》んだ彼女の双眸《そうぼう》がこちらを見つめていた。

彼女を組み伏せるような体勢になって、京也の中の凶暴な衝動が覚醒して理性が振り切れそうになった。

京也が周りに目を走らせたのは数瞬にも満たない時間だったが、それだけで彼女の生命を絶つありとあらゆる可能性を網羅《もうら》、列挙《れっきょ》する。

ペン立てに差さったコンパスの針、陶製の器《うつわ》、洗面台のカミソリ、包丁《ほうちょう》、電気コード、懐《ふところ》に忍ばせたナイフ。刺殺《しさつ》扼殺《やくさつ》殴殺《おうさつ》格殺《かくさつ》絞殺《こうさつ》焚殺《ふんさつ》斬殺《ざんさつ》撲殺《ぼくさつ》。

あらゆる手段で計二十五回、頭の中で御笠《みかさ》が死んだ。

圧倒的な殺意が脳内を猛《たけ》り狂った濁流《だくりゅう》のように流れ過ぎる。

その可能性の中には、すでに骸《むくろ》と化した御笠をなお切り刻みながら哄笑《こうしょう》をあげる自分がいた。

すべて一瞬後にはあり得たかもしれない可能性。堪《こら》えきれたのは奇跡にも等しい。

自分が正常と異常の境界線から異常の側に振れつつあるのを自覚していた。彼女の前ですらつくろった自分を演じられなくなっているのだ。

その時フリードリッヒ・ニーチェ『ツァラトゥストラはかく語りき』のあまりにも有名な一節が心中《しんちゅう》に浮かんできた。


怪物と闘う者は、その過程で自らも怪物とならぬよう注意せよ。おまえが深淵《しんえん》を覗《のぞ》き込んでいるとき、深淵もまたおまえを覗き込んでいるのだから。


自分はいまエクスター公爵《こうしゃく》の娘との戦いで怪物になりつつあるのかもしれない。

いまの自分はどちらだろうか、と考えてやめた。

なにもかもが彼女と会ってから変わった。

やはり彼女は京也《きょうや》にとっての最大の危険要素だ。

だが皮肉な話だ。その顔が自嘲《じちょう》に歪《ゆが》む。自嘲などとついぞしたことがなかったので自覚するとさらに愉悦《ゆえつ》が込み上げた。

彼女にとっての真の敵はエクスター公などではない、摩弥《まや》京也――自分だ。

そして京也にとっても真に警戒すべきは南雲《なぐも》御笠なのだ。

その二人が半端《はんぱ》な自覚のまま一緒にいるのだから、お互い傷だらけになるのはひどく当たり前の帰結《きけつ》だった。

その時、携帯電話が鳴り、一通のメールが入った。

不審人物発見の報だった。もう夜回り組が活動する時間か、と改めて気がつかされる。

京也は頻繁《ひんぱん》に夜中に目撃される不審人物を五人にまで絞ることができた。もしかしたらこの五人の中にエクスター公はいないかもしれないという懸念《けねん》もあったが、他にどうしようもない以上いまはこの五人の中にいると信じるしかない。

だが、そこから先がどうもうまくない。

ふと、前に御笠が京也に告《つ》げた言葉の内容が気になった。

なぜ被害者の身につけていた物が盗《と》られていないのだろうかと。大抵この手の輩《やから》はフェティシズム的な窃盗《せっとう》、つまりは盗んだ物で殺人を回顧《かいこ》するのになにかしら持っていくことが多いというのに。

椅子《いす》に座って足を組み替えたところで、ふと上着の中に固い圧迫感があったので取り出してみた。

それはエクスター公が被害者の悲鳴を録音したボイスレコーダーだった。

途端に気付く。

「そうか。これがありましたね」

答えはもう京也《きょうや》の手の内にあったのだ。なにも殺人を回顧《かいこ》するのに被害者の持ち物を持ち出さなくてもよいのだ。

これを聞けば、自分の記憶を頼りにするよりももっと確実に犯行を回想することができる。

京也が一番初めエクスター公からもらった南雲小百合《なぐもさゆり》の死体写真もそのうちの一つではないか。

と、そこで芋《いも》づる式に理解の糸が京也の体を走り抜けた。

慌《あわ》てて携帯電話に目を落とす。

いた。こいつがエクスター公だ。

京也は震える手で確信した。全身の毛穴が開くような恍惚《こうこつ》感や優越《ゆうえつ》感が湧き起こる。

——勝った!

エクスター公は被害者の写真を撮《と》り叫び声を録音する。様々な形で被害者から絞り出される恐怖や絶望を保存しているのだ。

もし自分がエクスター公ならば当然録画もする。ハンディカムのようなものを持ち歩けばいいのだ。最近のものはデジタルカメラと同じようにコンパクト化されている。持ち歩くのに難はないはずだ。

音や静止画単一よりも動画が一番都合がよいだろう。そしてそれらはエクスター公の大切なコレクションのはずだ。

音声、写真、動画、これらすべてを一挙に保存でき、かつ好きなときに鑑賞できるもの。それはパソコンだ。

そして京也が五人に絞った容疑者の中には裸の状態でノートパソコンを持ち歩く男がいた。服装は発見の度《たび》に変わるので当てにならないが、蓬髪《ほうはつ》にヤニの浮いた目元、無精髭《ぶしょうひげ》が生えた凶相の若い男という共通感のようなものがあった。

京也は携帯電話でこの事件に協力しているすべてのブラッディユートピアの同胞《どうほう》に向けてメールを打った。内容は簡潔明瞭《かんけつめいりょう》で、その男——エクスター公の特徴を書いて、彼を見つけたら家まで尾行《びこう》して住所をこちらに送るようしたためた。

短いようで長かったかくれんぼが終わる。

数日もしないうちにエクスター公はいぶりだされるだろう。もう勝ちは決まったようなものだ。

京也は長い息を吐いた。

と、にわかに彼の携帯電話がかまびすしく鳴った。感傷に浸《ひた》る暇《ひま》もない。

だがそれはメールの着信ではなかった。

電話口に出た京也《きょうや》が何か言うより早く御笠《みかさ》が抑えた声で叫ぶ。

血の気が引いた。

それを聞いただけで何が起こったのかわかった。だが御笠が次に何か言葉を発するより早く京也は駆けだしていた。

3

御笠は重い足を引きずるようにして自宅まで帰ってきていた。母親が専業主婦なので普段は夜、家に帰ってきても家の灯《ひ》が落ちていたためしがなかった。

だから御笠が今目の前にしている家人《かじん》の絶えた真っ暗闇の家というのはぞっとしない。

京也の豹変《ひょうへん》がショックで思わず飛び出してきてしまったが、思えば御笠に戻る所などあそこしかない。

だがその前に、自宅に戻って替えの服や下着、洗面道具などを持っていっても罰《ばち》は当たらないはずだ。というより、とにかく自分の頭を冷やす時間が欲しかった。

御笠が鍵《かぎ》を使って家に入ったとき、なぜか家の中に生ぬるい風の流れを感じた。

御笠は別段気にもかけず居間まで行くと、壁の電灯のスイッチに手をかけようとした。

突如《とつじょ》ガタンとなにかを荒々しくひっくり返すような物音が聞こえて、飛び上がりそうになった。二階からだとすぐにわかった。

「あれ？　誰か帰ってきてる……？」

家族が帰ってきたものだと思って居間から首を出すと、二階に向かって叫ぼうとした。すると今度は何かを殴りつけるような轟音《ごうおん》が響く。

なんだか気味が悪くなってきた。

そういえば、父にしても母にしてもなぜ家の中にいるのに電気すらつけようとしないのだろうか。

――まさか、もしかして。

段々と自分の体が縮《ちぢ》んでいくような心許《こころもと》なさだった。だが、それきり音はせず、こちらを嘲笑《あざわら》うような奇妙な沈黙だけが流れ去っていく。

首筋を撫《な》でる生暖かい夜気が流れ込んできて御笠は震えた。

「どこから風が――」

空気が流れ込んでくる方向、居間にもう一度首を向けると、丁度《ちょうど》雲の切れ間から二十日月《はつかづき》がのぞいて居間を照らした。

「イヤッ！」

御笠は惨状《さんじょう》におののき鋭い絶叫が喉《のど》から漏れた。

そこにある光景は御笠《みかさ》がよく知る自宅の居間とは似ても似つかないような光景だった。部屋が台風にでもあったかのように滅茶苦茶に破壊されていた。鉢植えは倒され中身が引っこ抜かれている。食器は割られ、革張りのチェアやソファは切り裂かれ中身が飛び出している。ぬいぐるみの類《たぐい》は五体をバラバラにされ、丁度《ちょうど》御笠の足下にもブルーの瞳をした人形の首が転がっていた。肩から強引に引きちぎられたようになった人形は、左手だけが薄布一枚でぶらぶらと繋《つな》がっている有様だった。

庭に続く窓が割れてそこから生ぬるい空気が流れ込んできていたのだ。カーテンがまるで生《せい》あるもののように不気味にうねって御笠を誘っているようだった。

嵐というより、巨大な肉食獣に食い荒らされたような部屋、と換言するべきかもしれない。

その時、二階の廊下《ろうか》をひたひたと歩く足音が聞こえてきた。安普請《やすぶしん》のせいか、わずかな足音でも下の階の人間には聞こえてしまうのだ。

何ものかが家の中にいるのはもはや疑いようがなかった。

御笠は京也《きょうや》に連絡を取ろうとしたが、血の抜けて青白くなった腕に力が入らず何度も電話を取り落としそうになる。

もどかしいような数コールの後、彼が電話口に出たのがわかった。

「た、助けて摩弥《まや》くん、家の中に誰かッ誰かいるのッ！」

それだけで相手が息を飲む気配が伝わってきた。

「御笠さん、どういう状況なのですか、詳しく説明してください」

彼はすでに家に向かって走り出しているのだろう。荒い息でそう尋《たず》ねてきた。

「居間にいるの。あたしの家が滅茶苦茶にされてて、お母さんが集めてた西洋人形も。それで、誰か二階にいるような気配がして——」

頭の中を乱れ飛ぶ思考をなんとか形にしようとしてはいたが、歯がゆいくらいに上手《うま》くいかない。声は極小まで抑えているはずなのに、自分の耳にはまるで拡声器にかけたように大きく聞こえ、上に聞こえてしまうのではないかとの不安が濃くなる。

「怖いよ、助けて摩弥くん」

「とにかくッ、相手は長居などしないはずです。もうすぐ下に降りてくる。武器を持って隠れてください」

言われて、慌《あわ》ててキッチンの包丁《ほうちょう》棚《だな》から一本抜くと、風呂場の脱衣所に身を隠した。京也にもらったスタンガンは上の階だ。

まさに間一髪《かんいっぱつ》のタイミングだった。

階段を下りる足音に身をこわばらせる。

エクスター公が狙っているのは紛《まぎ》れもなくこの自分なのだ。

彼は、一階に降り立つと、扉《とびら》から外に出ず居間の方に足を向けた。その足音がこちらに近づいてきている。なにか自分はまずいことをしただろうか。

京也《きょうや》に優しい言葉をかけて欲しかったし、慰めて欲しかった。だが、そのわずかな物音のせいで御笠《みかさ》の生死がかかってきている。それをわかっているからお互いが黙った。

カーペットの上を歩いているのか、立ち止まったのか急に足音が聞こえなくなった。

そのまま息を潜《ひそ》めて一分、耐え難きを耐え、忍び難きを忍んだ。

音が消えていた。

出て行ったのだろうか？　そう思ってガラス戸を引こうと思ったとき、心臓を氷の手でわしづかみにされたような寒気が走った。

磨《す》りガラスの向こうに、真っ黒でいびつなシルエットが見える。

ゆらゆらと体を揺らして、部屋の中を見回している。

御笠は口を両手で覆《おお》った。ともすれば恐怖で叫びだしてしまいそうだった。

やがて彼はのっそりとした動作でどこかに消えた。

御笠はもうその場を動くことができなかった。ただ、固く自分を抱きしめ目を瞑《つぶ》った。

「御笠さん……どこにいるのですか？」

電話口からそう聞こえた。いや、この声は電話口からではないと思い至る。

「……摩弥《まや》くん？」

「御笠さんッ？　そこですか」

ガラス戸が引かれて、そこには京也の顔があった。

その顔を見ただけで御笠の胸に熱いものが込み上げてくる。

「摩弥くん」

「無事だったようですね。よかった」

「ん……」

御笠は立ち上がろうとするとするが膝《ひざ》が笑って上手《うま》く立てない。自分を抱いた両の手は、そのまま体と膠着《こうちゃく》してしまったのではないかと思うほど力がこもっており、もぎ離すのに一苦労だった。

「犯人がどちらに逃げたかわかりますか？」

彼は信じられない質問をしてきた。

「追うの？　駄目！」

ふらっとエクスター公を追って、京也がそれきり帰ってこなくなる。先刻も想像しただけで鳥肌が立ったのに、いま出て行こうとしている彼の目は本気だった。

「絶対駄目！　離さないんだからね」

手にあらん限りの力を込めて京也の服の裾《すそ》を握った。手の震えがそのまま京也に伝わっているのか裾が揺れる。

「……わかりました。二階を、見に行きましょう」

京也は御笠から視線をはずす。と居間の惨状《さんじょう》をもう一度見た。二階がどういう状況か京也だって察しているはずだ。逡巡《しゅんじゅん》した。見るのが怖いという思いもあった。

「うん……そう、だね」

あの時一瞬垣間《かいま》見えた京也の豹変《ひょうへん》を問おうかと思ったが、できなかった。

結果から言うなら小百合《さゆり》の部屋と御笠の部屋もひどいものだった。下の居間と似たような惨状だが、壁にまで刃物の跡が残っていることを考えれば、こちらの方がひどいとも言える。

御笠は昨日まで綺麗に整頓《せいとん》されていた姉の部屋で立ちすくんだ。

見たくなかったがもう一度、虚《うつ》ろに視線をさまよわせる。

「ねぇ摩弥《まや》くん、お姉ちゃんは死んじゃったのに……殺されたのに！　その上なんで部屋まで荒すの？　あの人はお姉ちゃんをまだイジメ足りないの？　ヒドイ……お姉ちゃんを何回殺せば気が済むの？」

現実を受け入れるのを拒《こば》むように御笠は頭を振った。

「御笠さん、落ち着いてください」

力強く呼びかける声に、彼の必死さが伝わってくる。

人心地ついて、怒りが引っ込むと、今度はまた恐怖がぶり返してきた。

その時、彼女の胸中を察したように、肩に手が置かれる。手袋越しでもわかる、血の通った温かい手だった。

優しげな声が上から降ってくる。

「御笠さん、大丈夫です、もうすぐすべてが終わります」

ただの気休めだと思っていた。

だがのちに、その言葉は本当のことだったと気付かされることになる。

4

海藤《かいどう》は、なにがしかを成《な》し遂《と》げたあとはいつも尾行《びこう》を気にして、まず人いきれの絶えない繁華街をまわって、次にほとんど人気《ひとけ》のない裏路地《うらろじ》を歩いて後方をしっかり確認してから、自宅まで円を描くようにして遠回りをしながら帰った。

いけ好かないことに御笠の学友二人からは重要なことは聞けなかった。

故《ゆえ》に危険を承知で南雲《なぐも》家の家の前で張り込んだが、妙《みょう》なことに御笠どころか家族の誰一人として姿を見せなかった。

家に入ってみると、案《あん》の定《じょう》もぬけの殻《から》だ。

意外な形でお預けを喰らって、怒りにまかせて行動をしたら家の中で破壊の限りを尽くしていた。なぜ、あんな軽率《けいそつ》なことをしたのか。

いや、冷静な部分ではわかっているのだ。

これは示威《しい》行動なのだ。いまの海藤《かいどう》は巷《ちまた》を賑《にぎ》わす時の人だし、やろうと思えば何だってできる。あの家を壊して、自分は何もできない失業者なんかではないということを示したかった。あんなクソのような人間の一言で斜陽《しやよう》の人生を送ることになるなんてあり得てはいいわけはない。

いくら天啓《てんけい》を受けたからといって、それを人に話すわけにはいかない——勿論《もちろん》カミは天国への選民を自分に任せたことを他言無用だと言い含めている——が、南雲御笠《なぐもみかさ》に一番自分を見て欲しかった。

彼女が小動物のように震える様を想像するのは存外《ぞんがい》に楽しい。彼女が帰ってきてあれを見たならばさぞや驚くだろう。

アパートに着いたとき、海藤は思いのほか気分が良くなっていた。

海藤が住んでいるのは都会に夢追い人としてやってきた人間の成《な》れの果てが溜《た》まるような1LDKのオンボロアパートの一階だった。

かろうじて塾講師で糊口《ここう》を凌《しの》いできたが、明日からなにか別の職を探さねばならないだろう。七面倒《しちめんどう》くさい話だ。

鍵《かぎ》を挿し込んで回すと、家に入る前に念のためもう一度外を見回した。

すると向かいの公衆電話の近くに不審な男がいた。三十歳前の眼鏡《めがね》をかけたどこにでもいそうな背広姿の男だった。海藤と視線を合わせるや、わざとらしく視線を逸《そ》らし、必死に携帯電話でメールを打ち込んでいた。

何か気に食わない素振りの男だったが、あんなのが尾行《びこう》なわけがないだろう。

すぐに男のことなど頭の中から消え去った。

その男がブラッディユートピアの夜回り組の一人だと知るのは後になってのことだ。

全能感に酔った海藤に、その報《むく》いはすぐに訪れた。わずかその数時間後、部屋に備え付けの黒電話が鳴った。

いまでは資料館でしかお目にかかれなさそうな黒電話がこのアパートではまだ現役なのだ。

携帯電話全盛の時代には信じられない光景だ。

海藤は尻を掻きながら物憂《ものう》げに電話に出ると、不躾《ぶしつけ》に相手は喋《しゃべ》り出した。

『掌握《しょうあく》した、エクスター公爵の娘。あなたの負けです』

「なッ！」

海藤は鼻声になるのも忘れて叫びだしていた。

その一言で奈落《ならく》の底に突き落とされる。闇の中でもがく己《おのれ》に悪夢のように忍び寄るただ一つの認識。自分は負けたのだと。遅れて震えが来た。

――ヴェルツェーニ、貴様《きさま》なのか。

ついに恐れていた事態が起こってしまったのだ。初めて会ったあの時から彼の得体の知れなさや底の見えなさはあった。

『――もう私が誰だかわかっているようですね。ならば話が早い。これ以上往生際《おうじょうぎわ》の悪いことをするようなら即刻あなたのことを警察に訴え出ます』

先に自首《じしゅ》してしまおうかと考えていたところに彼の言葉が降ってくる。しかし、ヴェルツェーニの言《げん》には奇妙なところがあった。

「……どういう意味だ。俺が大人しくしていれば警察に訴え出ないとでも？」

『――言葉の裏を読むのがお上手《じょうず》ですね。極論するならばそういうことです』

「……貴様、俺をどうするつもりだ？」

『――いままで通り殺したいだけ殺してもらって結構です』

彼の電話口から囁《ささや》かれる声には余裕すら含まれていた。海藤は受話器のコードを引きちぎらんばかりに握りしめる。噛みしめた歯の隙間《すきま》からぎりぎりと音が鳴った。

ふざけてるのか？　と言おうと口を開けたとき、ただし、と先回りされる。

『――あなたの持っている被害者の写真や動画、一切合切《いっさいがっさい》を私に渡してください。それと、これからは私の言うとおりに人を殺すこと。この二つを守っていただきます』

涼やかな声でヴェルツェーニは告《つ》げた。

「俺は殺し屋じゃない！」

嚙みつくように叫ぶ。

『――では私はあなたのことを訴え出るまでです。ただひとつ忘れないで欲しいのはあなたはいま捕まれば確実に極刑《きょっけい》だということです。あなたには拒否する権利があります。尊厳死《そんげんし》をとりたければ私は止めませんよ』

「クソがッ！」

選択権をこれみよがしに見せびらかしてみせてはいるがこれは悪質な脅迫《きょうはく》に他ならない。天国への選民の権利がヴェルツェーニに奪われた。そう認識した瞬間いままで聞こえていたカミの祝福する声が聞こえなくなった。

使命を無事果たせなかったせいでカミは自分に愛想《あいそ》を尽かしたのだ。海藤は己を恥じる。

『――言ったでしょう？　『掌握《しょうあく》した』と』

口の中に諦念《ていねん》と後悔の味が広がっていく。

「誰を殺せっていうんだ？」

『――呑むのですね？』

答えてやらなかったが、彼がしつこく聞くので「ああ」と捨《す》て鉢《ばち》に言った。

『――いいでしょう……ポストに手紙を入れておきました。読んだら燃やしてください』

「なんだって？」

相手は答えなかった。通話が切れた悲しげな音が返ってくる。

受話器を置くと疲れがどっときた。

凋落《ちょうらく》などあっという間だ。明日の我が身はヴェルツェーニの走狗《そうく》なのだ。

羽をもがれ飼い馴《な》らされる人生に何の意味があるのか。

悄然《しょうぜん》とした足取りで外に出ると、かまぼこ型のポストの中からダイレクトメールや請求書《せいきゅうしょ》の類《たぐい》を掻き出して地面に捨てる。ほどなくして厚みのある無地の封筒が出てきた。おそらくこれだろう。

なんとなしに近くにある噴水公園までその足で向かった。

さすがに噴水はもう止まっており、いまは溜め池以下の風情《ふぜい》でしかない。

緑色の塗装《とそう》がところどころ剝《は》げた水銀灯が照らすベンチに腰掛けると、封を破った。

中から二十枚ほどのA５判の印刷紙が折りたたまれて出てくる。ゴシック体で横書きに打たれていて、綺麗にたたまれてはいるが、飾り気がまるでないので事務的な感じさえする。ヴェルツェーニの人となりが偲《しの》ばれた。

始まりはこうあった。これをあなたが読んでいるということはこちらの申し出を了承《りょうしょう》してもらえたということなのでしょう――と。

海藤《かいどう》は鼻を鳴らした。いちいち慇懃《いんぎん》な態度が気に食わない。

だが次の行に目を移した時、海藤の眦《まなじり》が裂けんばかりに見開かれる。

『最初の命令です。南雲御笠《なぐもみかさ》を殺してください。私が深夜に月森《つきもり》の入り口まで誘い出します。あなたはビデオをまわしながら彼女を下記の方法で殺害した後、血抜きをして解体、頭髪二百本、両目玉、右乳房、左手の肘《ひじ》から先、左足の太股《ふともも》から先を切り取って持ち出してください。あとで私が受け取ります』

海藤はまず最初に自分の目を疑って、次に頭を疑った。半狂乱になりながらページをむしるようにめくる。

その先は全面びっしりと御笠を捕えてからの拷問《ごうもん》方法、殺害するまでの経過、殺害してからの解体方法、不測の事態への対応や、どこに最初に刃物を入れるかまで微《び》に入り細《さい》を穿《うが》って書き込まれていた。

そこには残忍さでは他人を圧倒するはずと自認する海藤ですら予想だにしなかった凄惨《せいさん》な方法まであった。

もしこの通りに彼女を殺しおおすことができれば、世界のサディストどもが泣いて喜ぶスナッフビデオができあがるに違いない。

結びの文章はこうあった。『いずれ気付くことになると思うので本名を明かしておきます。摩弥京也、それが私の名前です――』

「摩弥京也だとッ？」

手帳を見ずともわかった。御笠《みかさ》の隣を常に歩いていた男だった。御笠と談笑しながらもそんな自分を一歩引いたところから冷静に見つめているような切れ長の瞳。あの睨《にら》むものすべてを切り裂くような冷たい視線。

「あの男だったのか」

言われてみると、それ以上ヴェルツェーニに似つかわしい人間もいなかった。

だが、御笠と京也は、友人かそれ以上の関係なのだろう。それをためらいもなく殺せとは。

海藤《かいどう》はヴェルツェーニという人間を誤解していたことに気がついた。

海藤が闘っていたのはおそらく人ですらないのだ。自分など比較にもならない真性《しんせい》の化け物を相手どっていたのだ。ヴェルツェーニは海藤という一個の生物をすべての面で上回り、懸絶《けんぜつ》した化け物なのだ。

霧《きり》が晴れて、いま初めて自分が攻撃していたものが風車であることに気がついたドン・キホーテのような滑稽《こっけい》さだった。

なぜ、ブラッディユートピアでヴェルツェーニという人物がカルト的な人気を誇っているのかわかった。途端に込み上げるものがあった。崇敬《すうけい》と畏怖《いふ》、まったく背反《はいはん》した感情が同時に襲ってきたのだ。

いままで息をすることを忘れていたのか、喘《あえ》ぐように肺に空気を取り入れる。

己《おの》の手の汗を吸ってさらに厚ぼったくなった殺害命令書とでも呼ぶべき紙をもう一度見た。

この長文を一瞬で書き上げたとは思えない。おそらく自分が勝ったときのために前々から用意していたのだ。

この封書の投函《とうかん》のタイミングだってそうだ。電話口で海藤が京也に諾否《だくひ》を告《つ》げたすぐ後に、『ポストに手紙を入れておきました』と返ってきている。これはおそらく海藤が条件を呑むしかないと確信した上で、前もって投函しておいたに違いない。

「なんて奴だ……」

思わずそうつぶやいていた。腹立たしい男だ。だが、

——こいつに従っている限り俺は安泰《あんたい》だ。

海藤は口《くち》の端《は》をつり上げる。

「いいだろう。受けてやろうヴェルツェーニ、俺は南雲《なぐも》御笠を殺してやる」

5

翌日、放課後の捜索の甲斐《かい》なく御笠の親友二人の行方《ゆくえ》は杳《よう》として知れず、悄然《しょうぜん》と項垂《うなだ》れる御笠を隠れ家のマンションまで送り届けた。

昨日、海藤に荒された家の方は警察を呼ぶよりほかになかった。頭に白いものが混じった初老の警官の対応はひどく事務的なものだった。

家人《かじん》に連絡しようにも、御笠は両親が泊まった旅館の電話番号を控えていない。

海藤のことは御笠には伝えていない。いや、彼女には伝える必要はない。

「御笠さん、では明日の午前二時、月森《つきもり》の入り口のところで会いましょう」

「ねぇ、ホントにそんな夜遅くに二人を捜すの？」

「ええ、それがなにか？」

「ううん、それはいいの。摩弥《まや》くんも二人を捜すのに本気になってくれたんだなってちょっと感動してるくらいだし。だけど、なんであたし一人でそこに行くのかな。迎えに来てくれると嬉《うれ》しいんだけど……」

「すいません、ぎりぎりまで用事があるんです。二時には必ず行きます」

「そっか。うん、いいよ気にしないで」

御笠は足を交差させ、自分の足元を見ながら少しの間、考え込んだ。やがて「あたし、摩弥くんには感謝してるよ」

「どうしたんですか？　急に」

御笠は首を振った。

「なんとなく言っておきたくなったの。じゃあ、またあとで」

京也《きょうや》も最後に何か言いたかった。だが、口を衝いて出たのはひどくありふれた言葉だった。

「ええ、さようなら御笠さん」

彼女は部屋に入っていった。彼はその背を見送るとマンションをでる。

家に帰ってもよかったが、帰ってもおそらくはなにも手につくまい。

全身が火照《ほて》り、脈は疾風《はやて》のように打ち続ける。いまだかつて摩弥京也はこんなにも興奮したことはなかった。

ブラッディユートピアでヴェルツェーニとして君臨《くんりん》しているときでさえ心のどこかで満たされぬ思いがあった。

だが、いまは違う。ついに南雲御笠《なぐも》が手に入る。切望《せつぼう》し、仰望《ぎようぼう》し、渇望《かつぼう》し尽くした京也の欲望がいま成《な》し遂《と》げられる。

もう生きている彼女と出会うことは二度とないだろう。待ち合わせ場所で待ち伏せている海藤があとは万事上手《ばんじうま》くやる手はずになっている。

次に彼女の顔を見るときは、彼女の命は小さなディスクになって郵送されてくるはずだ。

その中では、生《せい》という生を搾り尽くされて演じる一度きりの殺しの宴《うたげ》が開かれているはずだ。

京也は道端であるにもかかわらず、顔面を両手で覆《おお》った。

京也の口《くち》の端《は》が大きくつり上がっていた。おそらく自分は悦《よろこ》んでいるのだろう。

こんな表情をしながら外を歩くわけにはいかない。道行く人が胡乱《うろん》げな表情をしながらすれ違っていく。

その中に買い物帰りの親子がいた。娘の方が京也を指さして親に何事か言っている。親は関わるなというジェスチャーをしたが、娘の方が親の制止を振り切って京也の方に走ってきた。

「ねぇお兄ちゃん、どうしたのぉ?」

舌足らずの甘い声だった。背丈《せたけ》は京也の半分ほどしかない。大きな双眸《そうぼう》は遠慮会釈《えんりょえしゃく》なく京也を覗《のぞ》き込む。

「ケンカ?」

「私はね、ある女の子にとってもひどいことをしているのですよ」

「そうとも……言うのかもしれませんね」

「あたしね、つとむくんのこと好きだよ。ときどきケンカするけど、すぐ仲直りするんだ」

ヒマワリのような大輪の笑顔だった。

「そう、なんですか……」

「そうだ。お兄ちゃん頭だしてぇ」

「何をするつもりなのですか?」

「いいから」

京也は腰をかがめ、こうべを垂《た》れるような体勢になった。

すると、柔《やわ》らかくて小さな手が京也の頭を撫《な》でた。

「なでなで、なでなで」

「君は何をしているんですか?」

「仲直りのおまじない！　できるといいねッ、仲直り！」

「私は別に仲直りをしたいわけでは――」

「嘘《うそ》だ～、だってお兄ちゃん――――そんなひどいお顔で泣いてるのに？」

「えッ？」

慌《あわ》てて京也は自分の目元をまさぐった。たしかにそこから一筋の涙が頬を伝っていた。

愕然《がくぜん》とした。

親が会釈をしながら娘を叱《しか》りつけ、引きずっていった。少女はこちらの姿が見えなくなるまで手を振り続けている。

整然とした思考が飛び、自分という存在がわからなくなった。

脈が不整脈のように打ち、体が瘧《おこり》のように震え始める。喉《のど》がからからで、眼球がせり出してくるような不快感があった。

常に揺らぎなく完璧《かんぺき》に演じていた摩弥《まや》京也というメッキが剝《は》がれ落ちたようだった。

――自分のすべてを彼女に受け入れてもらいたいと望んでいる？

メッキの隙間《すきま》から覗《のぞ》いた自分がそう問いかけた。途端に込み上げるものがあって京也は電柱のそばで嘔吐《えず》く。胃の中のものを大量にもどした。

「馬鹿がッ」

たとえ刹那《せつな》の間でもそんな甘えた考えを持った自分に対して吐き捨てた。

薄闇が落ちた界隈《かいわい》で道に棒立ちになっていた京也はふらつく足取りで歩き出した。どこに行き、何をすればいいのか、もはやわからなくなっていた。

答えのでぬ泥沼に嵌《は》まりながら京也は腕に巻いた時計を頻繁《ひんぱん》に眺めている。

時計はもうすぐ午前の二時を指そうとしている。

風が冷たくなり始めた。空き地のフェンスに顎《あご》を乗せながら京也は苦悩の海に沈んでいる。

ひたすら御笠《みかさ》から逃げを打つ自分が恥ずかしかった。

『迎えに来てくれると嬉《うれ》しいんだけど……』彼女の言葉が脳裏《のうり》に蘇《よみがえ》る。

行けばこの目でその最期《さいご》を見届けることができる。

なぜ自分は下手《へた》な嘘《うそ》までついて御笠から逃げているのだろうか？

おそらく、自分は御笠の瞳を見たくないのだろう。

彼女は、待ち合わせ場所に出現した海藤《かいどう》におののき、そして京也を振り返るはずだ。

助けて、と。その宝石のような瞳は徐々に海藤と京也が通じていることへの理解を示し、そして絶望へと変わって……。

背筋に氷柱が生えたような寒気が襲ってきた。

殺人鬼、エクスター公爵《こうしゃく》の娘すらも籠絡《ろうらく》し、御《ぎょ》することを可能にしたはずの自分が、なぜたかだか凡百《ぼんぴゃく》な少女一人の存在にここまで脅《おびや》かされないといけないのか。

——おそらく私は……。

時計にもう一度目を落とす。二時三分前。途端に焦《あせ》りが込み上げてきた。

「延期しましょう」

口にするのと、行動するのとまでは意外なほど早かった。

まだいくらでも機会はある。自己欺瞞《ぎまん》だということもわかっていた。

海藤に中止のメールを書こうとした矢先、手が止まった。

ふと思った、こんなちっぽけなメール程度で止まるだろうかと。海藤が御笠に対して抱いている思いは彼女の家の惨状《さんじょう》を見ればわかる。

誰もいない場所で、御笠が一人きりでいて、彼ははたして京也の静止の言葉程度で止めるだろうかと。半紙の上に落ちた一滴の墨《すみ》のようにじわじわと心の中で不安が広がっていく。

京也は今度は御笠に直接電話をかけた。が、携帯電話の電源を切っているのか繋《つな》がらない。

「まさかもう……」

黒い想像が鎌首《かまくび》をもたげかけた。急いで妄想《もうそう》を振り払うと、闇の中を走り出した。

京也はペースを考えずに遮二無二《しゃにむに》走った。

走りながらもう少し早く決断ができていればと毒づく。

寂れたシャッター街を走り抜け、ポプラ並木を突っ切った。限界はすぐに訪れた。足がもつれ、息も絶え絶えになり、胸が軋《きし》り、そして心が折れかけた。

もう一人の自分が闇の底から囁《ささや》く、お前はひどく支離滅裂《しりめつれつ》な行動をしているな、と。

無視していると、また語りかけてきた。誰もお前を好きになっちゃくれない、お前は身体中傷だらけの薄気味の悪い化け物だ、と。

月森《つきもり》市中央のビル街に差しかかる。この時間になるとオフィスビル街はまったく無人になり、みな市の端にある自宅に帰るという、小規模なドーナツ化現象の様相《ようそう》を呈《てい》する。

鏡の中に迷い込んだような静けさの中、自分の走る靴音だけが騒々しい。

無人のビルが彼を見下ろし、信号機たちが何事かひそひそと囁き始めた。

そして心の中の汚泥《おでい》で這《は》い続ける己《おのれ》が、縛鎖《ばくさ》の如《ごと》き叫び声をあげる。

——お前はにおうぞ。腐液のにおいだ。オヤジに浴びせかけられた腐液《ふえき》のにおいがプンプンするぜ。お前の口と尻《ケツ》の穴からな。お前は人の不幸を喰らい続けないと、人の死を喰らい続けないと駄目だ。駄目なんだ。お前は殺すぞ、いつかあの女を殺す。いま殺さなくてもいつか殺す。お前はオレだ。オレにはわかる、わかるんだ！

後ろから追いすがる呪詛《じゅそ》から逃れるようにひた走った。市の中央に鎮座《ちんざ》する大きな黒い森が見え始めた。

もはや大量の人死にのせいで現地住民から恐れられ、ハイキングコースとしても廃《すた》れつつある森だ。あそこに御笠《みかさ》がいる。

限界を超え、顔が青ざめ始めた。走る速度はのたくたとなり、視界が霞《かす》み始める。あと少し。

そしてついに月森入り口を示す看板が見えた。

京也は汗をぬぐい、暴れる心臓を押さえつけながら叫んだ。

「御笠さん！」

だが、
そこには誰もいなかった。

御笠も。

「海藤《かいどう》、私です」

茂みに潜《ひそ》んでいるはずの海藤すらも。

「なんてことだ……」

もう終わったのだ。すべては滞《とどこお》りなく進んでいるのだ。

京也は膝《ひざ》をつき、くずおれた。


雀《すずめ》がさえずる早朝、稜線《りょうせん》から日が昇り、時刻は六時を指していた。

京也は放心状態で家に帰り着いた。いままでなにをしていたのか判然とした記憶はない。

これで良かったのだ。そう思おうとした。だが御笠の屈託《くったく》ない笑顔が脳裏《のうり》に浮かび上がるたびに胸が張り裂けそうになった。

彼女は今頃解体の工程を通り、ただの肉の塊《かたまり》になっているのだろうか。やるせない気持ちを覚えるとともにそんな様を想像するとどうしようもないくらいに興奮した。

鍵《かぎ》で家に入ると、京也は自分の部屋に入った。そのままカバンをつかんで学校に行ってしまおうかと思った。しかしテレビとパソコンをつけてしまうのは習い性なのか。

パソコンが起《た》ち上がるより先にテレビの画面が現われた。

リポーターがしかつめらしい顔で画面に向かって喋《しゃべ》っている。右下のテロップには扇情《せんじょう》的な殴り書きで、『ついに七人目の被害者！』とあった。

それを見た瞬間凍り付いていたと思った心臓が再び拍動《はくどう》を始める。

目を閉じ、深呼吸をしてから見開く。

やがて、リポーターも京也に合わせたように瞑目《めいもく》すると、もう何度も口にしているだろう被害者の名前をゆっくり嚙みしめるように告げた。

「殺された海藤信樹《かいどうのぶき》さんは、つい最近まで塾の講師を——」

「なん、だって……」

一瞬の思考停止。テレビの音が遠くなり、そして消えた。

静寂《せいじゃく》が耳に痛い。

——海藤信樹。殺された？　被害者？　失敗？　御笠は？　彼女はどこだ？

「そうだ、彼女はッ！」

藁《わら》にもすがる思いでブラッディユートピアに繫《つな》ぐと、月森《つきもり》市連続バラバラ殺人事件の続報を目で追った。

ブラッディユートピアは上へ下への大騒ぎになっていた。それはエピゴーネンというハンドルネームを使っていた会員が六番目の被害者、坂東貴美子《ばんどうきみこ》であるというのだ。

「そんな馬鹿な……」

彼女のハンドルは覚えがある。京也が招集《しょうしゅう》をかけたとき、一番早く集《つど》った四人の内、夜回り組にまわった人間だ。だが夜回り組には、防犯ブザーの携帯と、指一本で会員全員に緊急事態を知らせるメールを打たせて保存させてある。どうやって彼女を殺したというのだ。

掲示板にはスレッドが乱立し、各々《おのおの》が弔《とむら》い合戦《がっせん》に燃えて、見るものをアジるような文章を書き込んでいた。

メーラーを立ち上げてさらに京也は混乱する。

メールが二通、両方とも海藤からのものだった。

一通目、件名なし。発信時刻は昨日の午後十一時。御笠殺害決行の三時間前だった。

本文　お前が二人殺したのか？

二通目、件名なし。発信時刻は今日の午前五時。

本文　悪いが約束は破らせてもらう。真実が知りたければ明日の午後五時半に下記の場所に来い。


その下に書かれていた待ち合わせ場所は、京也《きようや》にとってあまりに馴染《なじ》みの深い場所だった。もう一度テレビを見た。そしておかしなことに気がつく。

二通目が送信されているとき、すでに海藤《かいどう》の死体は発見されているのだ。

死者からのメールだった。

「なにが……起こっているのですか？　君は……生きているのですか？　御笠《みかさ》さん」

6

海藤は時計をせわしなく確認していた。

もうすぐ午後の十一時、あと三時間ほどで京也が指定した時刻になる。

準備は万端《ばんたん》だ。いつでも殺せる。あの南雲《なぐも》御笠を。

彼女はできるだけ無傷で手に入れたいものだ。

恐ろしいくらいに体が昂《たか》ぶっている。彼女と相対するときはもっとクールな気持ちで臨《のぞ》みたい。いまだけ一過性《いっかせい》の祈る対象が欲しくなった。

祈るなら誰に祈ればいいだろうかと考える。神話関係の話を少々ならかじったことがある。

もっとも、飽《あ》きてすぐに放り出してしまったのだが。

これを狩りだと仮定するなら狩猟《しゅりょう》の女神に祈ろう。たしかアルテミスやイシュタルがそうだったはずだ。

日本でも地域によっては狩猟を司《つかさど》る山の神は女であるとされていたりしたはずだ。海藤は狩りと言えば男というイメージが率先《そっせん》していたので、これには驚かされた記憶がある。意外と覚えているものだなとひとりごちた。

その時、一陣の風が吹き彼の足音に風で飛ばされてきた新聞紙がへばりついた。砂埃《すなぼこり》にまみれた汚い新聞だったが、日付が今日なのを見て渋面《じゅうめん》を作りながらも紙面をはたいて汚れを落とした。

思えば自分は、自宅のテレビを破壊して以来、事件の続報を追っていない。

自分は選ばれし者だというのに、この新聞もさぞかし悪逆《あくぎゃく》無道《むどう》な殺人鬼としてこきおろしているのだろう。思っただけで胃がムカムカしてきた。

だが、海藤は次の瞬間叫び声を上げていた。

「なんだこれは！」

そこには信じられない内容が載っていた。

「どういうことだ。なんでこんな……くそっ、くそっ。まさかあいつが」

頭の中がパニック状態になった。なにがどうなっているのか全くわからない。

一度連絡したことがあるヴェルツェーニのアドレスに、疑問を吐き出しメールを送信した。

だが、送信してもすぐに答えが返ってくるわけではない。

随分《ずいぶん》前に直ったと思っていたはずの爪を嚙む癖《くせ》が再び戻ってしまっていたが、そんなことを気にしている暇《ひま》はなかった。なにかの間違いではないかと何度も紙面を確認した。

見つめるだけで書いてある内容が変わるはずもなく、その焦《あせ》りはピークに達した。

その時、彼は後ろの茂みから近づく足音に気がつかなかった。冷静なときならばまた結果は違っていただろう。

刹那《せつな》、海藤は後ろから何者かに口を塞《ふさ》がれた。

不意討ちだった。

右手に持っていた京也からの手紙が地面に落ちて散らばる。

襲われたのだと気付いたとき、圧倒的な恐怖が体を駆けのぼってきた。わけのわからぬまま、もがき、振り払おうとする海藤は襲撃者の顔を見ようと、ベンチに座ったまま首を反《そ》らす。

その黒瞳《こくどう》が驚愕《きょうがく》に見開かれる。

何か言おうとした瞬間、喉元《のどもと》にナイフの先端がねじ込まれ滅茶苦茶に暴れた。

「〜〜〜〜〜〜ッ！」

大動脈がナイフに食い破られ、解放された——その眼前に地面が迫る。衝撃が走り、自分が前のめりに倒れ込んだということに遅れて気付く。

地面に這《は》いつくばり、血にまみれてなお、彼はそれでも手で砂を掻いて必死に襲撃者から逃れようとした。

こんなところで——死ぬのか。

涙と鼻水が止まらなかった。

出し抜けに優しく雄渾《ゆうこん》な呼び声が聞こえてきた。今度は眼前にまばゆいばかりの光が見え、男と女がこちらを見下ろしている。直感的にわかった。あれは自分に天啓《てんけい》をあたえたカミと女神なのだと。

これで自分も天国に行ける。おかしくもないのに笑いが込み上げてきた。

なぜか優しく微笑《ほほえ》むカミと女神は、最初に自分が殺した父と母の顔をしていた。今頃二人は揃《そろ》って床下の収納庫で腐り果てているはずなのに。

海藤は力を振り絞って震える右手を伸ばした。

「俺、を……天の国にぃぃッ！」

最後に彼が聞いたのは、後ろからとどめの一撃を振りかぶる風切《かざき》り音だった。

連続殺人犯エクスター公爵の娘こと海藤信樹は、あまりにもあっけなくその殺人劇の舞台から去った。

7

夏が終わるな、そう思った。

もう二、三週間もすればアオギリの葉が落ちる頃だろう。すべてを茜《あかね》に染め上げる西日が教室に差し込み、窓から入り込む風にはいくらか冷たさが混じっていた。間歇的《かんけつ》に入る風にカーテンが大きく内側に膨《ふく》らみ、京也《きょうや》の頬を撫《な》でてゆく。

教室には彼一人しかいなかった。

いまの時間帯、帰宅部の人間はすべて自宅に戻り、そうでないものは各々《おのおの》の部活動にいそしんでいるはず。

つまり、いまの教室は、学校に人がいながらにしてできあがった、エアポケットのような空間だった。

二通目のメールで指定された待ち合わせ場所は、この月森《つきもり》高校の二年教室、京也のいるこの部屋だった。

約束の午後五時半を時計が指したとき、音もなくドアがスライドして、誰かが入ってきたのがわかった。

「時間に正確ですね」

京也は振り返り言った。

「久しぶりですね」

相手はにっこりと微笑《ほほえ》んだ。

「お久しぶりです。君とはこういう形で再会したくはなかった……」

「驚かないんですか？」

相手は不可解じみた声音をその内に押し殺して問うてくる。

「ええ、すべてわかりました。随分《ずいぶん》困惑させられたものです。してやられましたよ、君には」

「そっか、わかっちゃったんだ。どこまで知ってるんですか？」

「君が海藤の殺しを真似《まね》てすべての罪を海藤に被《かぶ》せようとしたこと、君が何人もの人間を殺したこと、君がブラッディユートピアの会員であること、ですよ——新谷恵《しんたにめぐみ》さん」

白球を打つコキンという乾いた音がグラウンドから響いてくる。

扇《あお》り立てるような風に、彼女のきめ細やかなショートカットが揺れた。

ここ数日明美《あけみ》と一緒に行方《ゆくえ》不明扱いを受けていた少女、新谷恵は教壇に肘《ひじ》をつきながら不敵な笑顔でこちらを見つめていた。ノースリーブのシャツに黒のリボンが悩ましげに揺れる。

「新谷さん、まず大事なことを聞きます。君の返答次第によってはこれ以降の対応を変えなければなりません」

「なんなりと」

「彼女は、御笠《みかさ》さんは生きているんですか？」

「安心してください、まだ殺してませんよ。でも恵、明美ちゃんの方はその日の内に手にかけちゃいました。血の付いた服洗ってるとき、家族に見られたんで、いま家には帰ってません。ニュースを見てる限りまだ明美ちゃんの死体だけはまだ見つかってないみたいですよね」

「なるほど、荻原《おぎわら》さんはやはりすでに殺されておりましたか。いま山狩りをしているのでほどなく見つかるでしょう。これで死者は八人、君が殺したのは四人となるわけですね」

「すごいなぁ、摩弥《まや》センパイどうして恵が殺した人数までわかるんですか?」

「人数以外のこともわかりますよ新谷さん。君が殺したのは最初が柳瀬勘吉《やなせかんきち》、次に坂東貴美《ばんどうきみ》子《こ》、荻原明美、そして海藤信樹《かいどうのぶき》、この四人ですね」

「もうすぐ一人増えますけどね」

「さて、誰のことを言っているのでしょうか。皆目《かいもく》見当がつきません」

おどける京也《きょうや》に、恵は邪気《じゃき》のない顔で笑った。状況が状況なら二人は恋人同士のように見えたかもしれない。

「さて、君は御笠さんを人質に、私をなぶり殺すことも可能ですが、しないのですか?」

「しませんよ。でも摩弥センパイが大声をあげて助けを求めたりしたら彼女を殺します」

甘いな、京也は思う。それとも京也が過小評価されているのだろうか。

「新谷さん、君の最大の誤算は、本物の連続殺人犯の海藤を殺してしまったことです。あの瞬間から君は本物のエクスター公爵の娘になった。いや、ならざるを得なくなった。死体からノートパソコンと私が書いた手紙も持ち去って読んだのでしょう。二通目のメールを彼の携帯電話から送ったのは君ですね？」

「そうですよ。恵あの時は驚いてばっかりでした。殺してから気付いたんですけど、あの海藤さんってヒトに恵と明美ちゃん何回か校門のところで聞き込みされたんですよね。てっきり刑事さんだとばっかり思ってたんですけど、調べてみると偽物《にせもの》だとわかるし、その隣には摩弥センパイの手紙が落ちてるし、ノートパソコンの中身はエグい動画とか沢山《たくさん》入ってるし、その時ですよ、すべてに気付いたのは」

「なるほど、やはりそうですか」

「でもどうして恵が模倣犯《もほうはん》だってわかったんですか？　恵は完璧《かんぺき》に――」

京也はそれを遮《さえぎ》った。

「君はブラッディユートピアの会員だった。そしてある日、巷《ちまた》で話題になっているバラバラ殺人の被害者が『七つに分解されて手足はすべて同一の場所で発見された』という裏に流されていた情報をつかんだはずです。これを見て君は思った。この殺人を真似《まね》てそっくり被害者を七つに刻み罪はすべて犯人になすりつけようと。警察は肝心要《かんじんかなめ》の情報は隠匿《いんとく》して、実行者照合《しょうごう》の際、犯人しか知り得ない情報を吐かせて割り符のように使っています。二件連続で七つに分解された死体が見つかれば、一目見た瞬間同一犯だと思うでしょう。

ただ、死体をただ七つに分解してまとめて捨てればいいというわけではありません。

それに海藤は、基本的に若い女性しか狙いません。四十歳の男が殺されたと報じられた時、私は強い違和感を覚えました」

「ちょっと弱くありませんか？　それ」

　京也はゆっくり首を振る。

「それだけではありませんよ。海藤の殺人には何か一貫した信念のようなものが感じられます。まあ妄想《もうそう》から生まれた戯言《ざれごと》でしょうが、あの種の人間は自分の決めたルールを比較的遵守《じゅんしゅ》する。彼は死体を風力発電塔の柱に縛り付け、噴水の中に放り、神棚に入れ、祠《ほこら》に突っ込んだ。何だか儀式めいたものを感じませんか？　だが他の死体は月森の林や焼却炉《しょうきゃくろ》に無造作に棄ててあるだけ。同じ人間の犯行とは私にはとても思えませんでした。それに海藤の最後のメールにはこうあったんですよ。『お前が二人殺したのか？』とね。海藤はあまり自分の犯した殺人の結果にまでは興味がなかったのでしょう。だがなんらかの形で情報をつかんだ。そして自分は四人しか殺してないはずなのに六人も被害者がでていて驚いたはずです。そこで真っ先に浮かんだのは私の名前だった。だから『お前が二人殺したのか？』と送ってきたのでしょう」

　彼女は笑みを絶やさぬまま頷《うなず》いた。

「よく他人事《ひとごと》のように言えますね。恵、海藤さん殺したから知ってるんですよ。裏で糸を引いていたのは全部摩弥《まや》センパイだって」

「海藤に渡した手紙ですか……お恥ずかしい限りです。信じてもらえませんかもしれませんが、私は御笠さんの殺害を彼に依頼しただけで、他の事件には関与していません」

「うそだ～」

「嘘のようなホントの話なんですよ。ところで、海藤に送った手紙を見られたなら私の名前を知っていても当然だとは思いますが、君は私がブラッディユートピアに関係していることまで知っているのですか？」

「知ってますよ」

「それはどうしてでしょうか？　よければお聞かせ願えませんか」

彼女はそれを聞くと髪を掻き上げながらカラカラと笑った。

「探偵交代ですか？　いいですよ、簡単な話です」

一息吸うと、先を繋《つな》いだ。

「摩弥センパイ、誰と連絡とっていたのかは知りませんけど学校に来ている間中ずっと携帯電話いじってましたよね？　あれ、スターマインさんが配った携帯電話って全部同じ機種同じ色なんですよ。知ってました？　だから摩弥センパイの携帯電話を見て、あッ恵と同じだってわかっちゃったんですよ。恵は元から持ってた方と、スターマインさんからもらった方、分けて使ってましたから。まさかセンパイが殺人鬼を陰で操《あやつ》っていたとは思いませんでしたけど」

「偶然同じ機種を持っていたとは思わなかったのですか？」

「だってあの機種、随分《ずいぶん》型落ちしていたのに、ボロボロどころか新品同然だったんですよ？　不自然じゃないですか」

京也は顔の前で鷹揚《おうよう》に手を叩いてみせた。脱帽《だつぼう》だった。

「素晴らしい。なるほどあんな些細《ささい》な動作がクリティカルな露見《ろけん》に繋《つな》がってしまうとは。衒《てら》っているわけではありませんが素直に賞賛させてください」

「失敗したのになんか嬉《うれ》しそうですね……」

「私は失敗から学ぶ人間です。失敗が私という存在をより補強してくれるんですよ」

恵は苦笑をした。何を言っているのかよく理解できないのだろう。追従笑《ついしょうわら》いをしながらも柳《やなぎ》の葉のような美しい眉をひそめる。京也は続けた。

「話を戻しましょうか。君がどうやって坂東貴美子《ばんどうきみこ》を殺したのかも、君がブラッディユートピアの人間であることを鑑《かんが》みればわかってきます。君はこっそり坂東貴美子、つまりエピゴーネンと連絡を取って会いましたね？」

「そうですよ。ヴェルツェーニ様はリアルで会うことは禁止しておられましたけどね。内密に連絡を取り合って、恵と彼女、二人で喫茶店でお話ししました」

ヴェルツェーニ様？　京也はどこか遠い目をして言う彼女に小さな齟齬《そご》を覚えた。

おそらく彼女は、京也がブラッディユートピアの人間であることは知っていても、ヴェルツェーニであることまでは知らないのだろう。

「まさか彼女も同胞《どうほう》に自分が殺されるとは思わなかったでしょうね。不意を討たれたなら防犯ブザーや、打たせておいたメールが役に立たないはずです」

「そういうことですよ」

「君のブラッディユートピアでのハンドルネームを教えてくれませんか？」

「アーティスト」

恵が凛《りん》とした声で言い放った。

「聞き覚えがありますね。なるほど、君にとって殺人とは芸術《アート》なのですか……」

京也はこれで大分疑問が氷解《ひょうかい》した。このハンドルネームは知っている。彼女は夜回り組としてヴェルツェーニの呼びかけに参画《さんかく》しているうちの一人だ。そして御笠の家の周りで不審者発見の報を京也にメールで送ってきたのも彼女《アーティスト》だ。

心配になった京也が御笠の家に窓から侵入した。そして翌日、恵は京也が侵入をするのを目撃している。当然だろう、彼女こそが京也にメールを出したアーティストなのだから。

「これで納得しましたか？」

「まだ聞きたいことはいくつかあるのですが、私もそろそろ我慢の限界ですよ。君がさっきから後ろ手に隠し持っているのはなんですか？　そろそろ見せていただけませんか」

恵は、ぞろりとした大型のブッシュナイフを目の前に持ってきた。刃渡りだけで三五センチはあるようなので短刀のような威圧感を誇っている。

「素晴らしいナイフだ。何人もの血を吸ってさらに輝きを増しているようですね」

言いつつ京也も左手で素速く愛用のバタフライナイフを回転、展開する。

彼女が目の前でかまえをとったかと思うと、すっと目が細められ、貼り付いていた笑顔が消えた。もういつでも京也《きょうや》を殺せるという意志がみなぎってきている。

対する京也は、ゆっくりと椅子《いす》から立ち上がると、ナイフを持ったままフェンシングのように半身にかまえる。命のやり取りの淵《ふち》にまで立たされているというのに口《くち》の端《は》が持ち上がっていった。

その時、恵がはっとし、すぐにまたいたずらっぽい笑みが頬に貼り付いた。

「摩弥《まや》センパイって右利きですよね。どうして左手でナイフを持ってるんですか?」

「ちょっと怪我《けが》をしてしまいましてね。心配には及びません。こんなものハンデの内にも入りませんよ」

京也の動揺を誘おうとしたのだろう。肩すかしを食らって彼女が鼻白《はなじろ》む。そうですか、と気のない風に言った。

風が二人の間を流れすぎる。

「始まる前に一つ聞きます。どうして君は人を殺し続けるのですか?」

「つまんない質問。摩弥センパイって『芸術のための芸術』って言葉を知ってますか?」

「芸術はそれ自身のために存在し、教育、啓蒙《けいもう》その他の思想によって侵されてはならない、でしたか。ゴーティエやバンビルが広めた思想でしたね。なるほど、いかにも芸術家《アーティスト》らしい発言だ。芸術に理由はいらない、と? これは失礼なことを聞きました。ならば私は『暴を以《もっ》て暴に易《か》う』という言葉を使わせてもらいましょう。降りかかる火の粉は払わさせていただきます」

京也は今度こそしっかりナイフをかまえた。

教室中が凄《すさ》まじい密度の濃い殺意のぶつかり合いに固唾《かたず》を呑んだかのように静まり返った。まるですべての音という音が遮断《しゃだん》されたかのような瞬間だった。心臓の鼓動《こどう》がうるさく聞こえる。

その時、ふらりと京也の体が倒れ込むように揺れると、そのまま右手に向かって歩き出した。対する恵もその逆方向に向かって歩き出す。

二人はまるでダンスでも踊るかのように碁盤《ごばん》の目のように配置された机の間を四角を描きながら回り始める。お互いが必殺の間合いを計り合いながら移動しているのだ。

だが刹那《せつな》をさらに刹那で割った極限の一瞬にありながら、京也は能面《のうめん》のような無表情で話しかける。

「今まで無抵抗の者を四人もなぶり殺して全能《ぜんのう》感に酔っているかもしれませんが、君がこれから体験するものは本物の戦いです。君は甘い、致命《ちめい》的なまでに。よい機会ですからいくつかレクチャーしてあげましょう。まず一つ、戦いの基本はファーストトルック・ファーストキルにあります。君は勝ちが欲しいなら教室を開けた瞬間、迷わず私に襲いかかってくるべきでした」

対する彼女は無言で応じる。

「生物界のピラミッドの頂点に立った人間の敵は人間でしかあり得ないんですよ新谷《しんたに》さん。人は殺し合うべきです。――さあ、いい加減始めましょう、境界人間《マージナル》と一線《オーバーライン》を踏み越えた者との生き残りを賭けた闘争を！」

直後、爆発するような勢いで奏《かな》でられた勇壮な音楽が耳に飛び込んできた。下の階の吹奏楽部が練習を始めたのだ。

呼応《こおう》するように恵《めぐみ》が動いた。

腰を落とした姿勢でこちらに突っ込んでくる。と、同時に電撃のような横薙《よこな》ぎの一閃《いっせん》が走る。バックステップでかわした京也《きょうや》に、彼女は追撃とばかりに机の上に飛び乗ると、今度は振り下ろすような一撃を繰り出す。

攻撃のみにすべてのキャパシティを割《さ》く奇策《きさく》だ。

さらに回避《かいひ》運動をとろうとして京也は机にぶつかりつんのめりそうになる。

等間隔《とうかんかく》で配置されているように見える机は、その実ほとんどの教室では、整然と並んでいることはあり得ない。それ故《ゆえ》後ろを見ずに回避を行った京也は、通せんぼするような机の連結に阻《はば》まれ恵の攻撃を捌《さば》ききれなかった。制服の肩口が浅く裂かれる。

机を蹴り倒して道をつくると、まろぶようにして窓側まで転身し間合いをとる。

休む間もなく恵が突進してくる。その時、突風《とっぷう》が窓から入り込み、カーテンがお互いの姿を隠した。

——さがるか？

だが京也の読みははずれた。やにわにカーテンが切り裂かれると、その奥からナイフのきらめきが京也の首を落とさんと銀色の弧《こ》を描いて襲いかかる。

彼は反応が遅れたが首を捻《ひね》ってぎりぎりのラインでかわした。口の中にアドレナリンの苦い味が広がる。

カーテンのせいで距離感を狂わされた大きな空振りの隙《すき》を見送り、京也はまたしても間合いを開けた。

「摩弥センパイ、どうして恵に攻撃して来ないんですか？」

「どうして？　決まっているでしょう。楽しいからですよ。この瞬間が終わってしまうのがたまらなく勿体《もったい》ない」

「ふざけないで！」

彼女のナイフを握る手に力がこもる。矜持《きょうじ》をいたく傷つけられたか、憤怒《ふんぬ》の形相《ぎょうそう》だった。

「わかりました。名残《なごり》惜しいですが私も行きましょうか——」

恵が先に動いた。前《さき》の攻撃をなぞる腰を深く落とした突進。回数を重ねるごとに、深い踏み込みで、致命的な一撃へと変貌《へんぼう》している。

だが、恵の突進は京也の一撃に止められた。初めて京也から繰り出したナイフによる刺突は、恵の鼻先すれすれまで伸長《しんちょう》したのだ。

「なッ！」

戻った突きは悪夢のような剣尖《けんせん》で、数瞬後には第二波として恵の足下へのたうつような騙《だま》し討ちになっている。高速の連続突きに初めて恵が二の足を踏んでか後ろに引いた。

かまえをとったまま、京也は冷たい声音で言い放つ。

「レクチャーその二です。ナイフの用途は切る剥《は》ぐ突く削る裂《さ》く刻むのいずれかです。私のバタフライナイフにおいてはいかに早く突きを繰り出し、それを戻すかにかかっています。君はブッシュナイフを剣のように斬撃《ざんげき》主体に使っているようですが、戻りが遅いので懐《ふところ》に入られたら私には勝てません」

恵がなにか言おうとして口を開きかけたその時、初めて京也から急襲をかけた。懐に入られる前にと、迎え撃つように恵が慌《あわ》ててブッシュナイフを振りかざす。

だが次の瞬間、恵の足は地を離れて、後方に吹っ飛んでいた。

そのまま、机を二、三コ巻き込んで盛大な大音声《だいおんじょう》を鳴り響かせる。

恵はすぐさま立ち上がったが、肺《はい》を打ったのか、上体が傾《かし》ぐと、そのまま体をくの字に折るようにしてひとしきり咳《せ》き込んだ。

京也が足で蹴り飛ばしたのだった。先のレクチャーを聞いていた恵は、ナイフにばかり目が行って見事に京也の術中に嵌《は》まっていた。

「最後のレクチャーです。――戦闘とは詭道《きどう》なり。畢竟《ひっきょう》戦いは騙《だま》し討ちに尽きます。これを忘れなければ君は私に勝てますよ」

そう言って咳き込んで俯《うつむ》いたままの恵に近づいていく。

甘えも過信も油断もなかったはずだ。

なのに、次の瞬間、京也の左手の甲に穴が穿《うが》たれていた。

投げ針のように細身の投げナイフが突き刺さっていたのだ。

「――――ッ!」

京也は出かかった呻吟《しんぎん》を飲み込むようにして唇を噛んだ。痛みよりも驚きが勝《まさ》った。ナイフを取り落とすと、それはすかさずあらぬ方向に蹴り飛ばされる。フローリングの床をバタフライナイフが滑っていった。

正面を向くと、勝ち誇ったような恵の顔があった。スカートに隠れるようにして腿《もも》の付け根にスローイングナイフ用のストックが巻かれていた。よく見ると普段よりスカートの丈《たけ》が少し長くなっている。これはスローイングナイフを隠すためだったのだ。

悔恨《かいこん》尽きぬ一手である。最後に鮮やかにひっくり返されたオセロの駒《こま》のように、京也は絶体絶命の窮地《きゅうち》に立たされる。

「戦闘とは詭道なり、でしたっけ。恵もそれには賛成しますよ」

勝者特有の弱者をいたぶるような加虐《かぎゃく》的な瞳が輝く。張りのある腿から妖しいまでにゆっくりとした動作で二本目を抜き取る。今度はその瞬間がはっきりと目に焼き付けられた。

教室後方の出口を横目で見据える。

ざっと三メートル。走れば一秒とかかるまい。

恵が二本目を投擲《とうてき》するため、アンダースローでかまえを取る。ゆるりと考えを巡《めぐ》らせているだけの余裕はない。

直後、弾《はじ》かれたような勢いで走り出していた。

たった三メートル足らずの距離が恐ろしいほど長く思え、矩形《くけい》の空間がやけに遠くにあるように感ずる。

気付いたときはまろび出るようにして教室から飛びでていた。

後ろから何かがドアに突き刺さる音がしたが、振り向いて確認する暇《いとま》すら惜しいとばかりに駆けだした。

ひとまず階段を下ろうとてすりに手をかけた時、つづらに折れた階段の踊り場に教師がのぼってきているところだった。

助けを求めることができる。そう思って声を出しかけて——その口をつぐまざるを得なかった。

第三者に助けを求めるようなことをすれば御笠《みかさ》の命がないと恵は明言していたのだ。

——それがどうした。

そう思って息を深く吸い込んだ。だが声帯《せいたい》がなくなってしまったかのように、吐き出す声は虚空《こくう》に吸われる。

助けを求める声は出てこなかった。

「くそッ、私という奴は――」

カオを出しかけた自己嫌悪《けんお》を押し殺して階段をのぼりきり三階に到着。京也は後ろからの足音に追い立てられるようにして、職員室の横から延びる屋上階段を駆けのぼる。

立ち入り禁止のハードルを跨《また》ぎ越し鉄扉《てつぴ》を押し開けると、思いがけず強い風が髪を扇《あお》った。

左右をせわしなく見渡すが、広漠《こうばく》とした空間は隠れる場所どころか遮蔽物《しゃへいぶつ》すらない。

給水塔の陰まで逃れようとする。一時凌《しの》ぎであることを痛いほど理解していた。

だが、扉《とびら》から恵が顔を出しざま一刀を投じる。正確に京也の胸元まで飛来するそれを、右に転がって回避する。

二射目をかまえたまま京也ににじり寄る恵に対し、京也は回避可能な間合いの維持に努めるよりほかにない。フェンスを背に京也は滑るように横に移動した。

下からは、何も知らぬ生徒の黄色い声が聞こえる。

補修中の破れたフェンスはそのままだ。

骨の数本は覚悟して、柔《やわ》らかそうな地面に向かって飛び降りるかと考えた。否《いな》、校舎の周りは砂利《じゃり》で囲まれており、花壇ですら助走をつけて飛ばないと届かないくらいの位置にある。

それ以外に落ちたならば――恵の温情に期待した方がよほど生存の確率は高いだろう。

汗が額《ひたい》にびっしりと張り付いて気持ちが悪い。極限まで張り詰めた空気はいつ破裂してもおかしくなかった。

ついに背にしていたフェンスが途切れ、直角で繋《つな》がった部位が横に伸びる。隅まで追い詰められたことを如実《にょじつ》に告《つ》げていた。

恵の表情は鼻歌でも歌い出しそうなくらいに屈託《くったく》なく、足取りは軽やかだ。

「無様《ぶざま》ですね、摩弥センパイ」

「新谷さん……」

「命乞《いのちご》いなら受け付けてませんよ」

京也はそれを聞くと突如《とつじょ》不敵なまでの笑いを浮かべた。一息の間で京也を殺すことができると信じる圧倒的優勢な恵までが怖気《おぞけ》をふるう笑みだった。

「命乞い？　冗談じゃありません。君に私は殺せませんよ」

口に出た言葉に、最初恵はあっけにとられ、次に苦笑を浮かべた。

「なんですそれ？　催眠術でもかけてるんですか」

「新谷さん、君はブラッディユートピアが好きですか？」

出し抜けに京也が話題を変えた。恵は眉をひそめたが末期《まつご》の水代わりにでも付き合ってやろうと思ったのか、別段疑問は挟まなかった。

「居心地はいいですよ。気兼《きが》ねなく煮詰まった欲望を吐き出せますし、同好の士と話すのは楽しいです。特にヴェルツェーニ様は人当たりがよくて何度も相談に乗ってもらって——」

「そうですね。私はアーティストさんに目をかけていました。君は昔私に相談してきましたね。君はたしか五歳くらいの頃から人形をバラす癖《くせ》があった」

「えッ？」

恵の顔が青ざめた。

「何度親が言って聞かせても人形を解体し、ワタをまき散らす。人形では我慢できなくなった君は七歳の頃自分になついていた飼い犬のベンブローク・ウェルシュ・コーギーを風呂場に連れ込み包丁《ほうちょう》を使ってなますにした」

「嘘《うそ》……いやッ、そんな……」

「それ以来、迷い込んできた野良《のら》犬と野良猫をつかまえては殺し、死体は土に埋めたり、コンポストに放ったり、肉を焼いて、いかにも生ゴミらしく偽装《ぎそう》した後ゴミに出した。違いましたかアーティストさん？」

彼女の唇が震えながら言葉を紡《つむ》ぐ。

「嘘……ですよね？　あなたは……ヴェルツェーニ様、なの、ですか？」

京也が頷《うなず》くと、恵は感極まったように放心し、投げナイフを取り落とした。

「新谷さん、いや、恵……」

京也は大きく鷹揚《おうよう》に招き入れるように手を広げると、告《つ》げた。

「私は君を愛している」

恵が震えながらあとじさった。京也の口調にいつもの丁寧《ていねい》なものは混じっていなかった。

「嘘《うそ》ですよッ、だって摩弥《まや》センパイ、恵が前告白した時、ことわ――」

「以前の私は君をよく知らなかった。だが、いまは違う」

京也は話しながら一歩彼女に近づく。

「だって！」

恵は頭を振った。

「恵、いまの世の中を冷静に見たことがあるか？　人が集まればムラとなりマチとなり都市となる。そこには需要《じゆよう》と供給《きようきゆう》が発生し、同様にサービスや欲望も発生する。これは必然の帰結《きけつ》であるにもかかわらず、欲望だけが悪とされ、抑圧《よくあつ》され縛られる。私たちのような存在は、この世に存在するだけで悪とされ、私たちは未《いま》だにテレビゲーム感覚で人を殺す一部の人間と何も変わらないように見られている。けだし！　マージナルやそれに類する者は団結するべきだ。誰にも話せず倒錯《とうさく》した欲望を抱えていることが犯罪に走る要因となることは明白。ならば倒錯した悩みを抱えた人間の本質を理解できるのは倒錯した者だけということになる。悩みを語り、吐き出し、集団的偏向《へんこう》にさえ気をつければ、私たちはより高次の人となれるのだよ。事実、私に相談していた頃の君は安定していた。さあ、まだやり直しは利《き》くよ恵」

「ヴェルツェーニ、様……」

熱に浮かされたような表情の彼女は歩み寄る京也をそれ以上否定しなかった。

京也は彼女を抱きすくめた。京也と恵のシルエットが重なる。彼女の体がビクンと震えた。

京也は彼女の耳元に唇を寄せると、内緒の話をするように声を潜《ひそ》めて言った。

「新谷さん……君は本当に――馬鹿な人です」

すっと京也が体を離した。恵は一点を向いたまま痙攣《けいれん》するように震えていた。

恵が視線を自分の腹部のあたりに移す。

そこには恵のスローイングナイフが生えていた。

京也は自分の手の甲に刺さったナイフを抜き取り、隠し持ちつつ、至近距離で彼女に叩き込んだのだ。

恵が信じられないような目で京也を見た。京也はといえば、快哉《かいさい》の叫びをあげるでもなく、勝ち誇るでもなく、ただ悲しそうな顔で恵を見下ろしていた。

「言ったでしょう新谷さん――戦闘とは詭道《きどう》なり、と。残念です。もう少しで私を殺すことができたのでしょうが……最後は私が勝ってしまった」

「全部……演技だったんですか？」

恵が苦しげに呻《うめ》いた。

「ええ」

「恐ろしい人……人の感情すらもセンパイにとっては状況を打開するカードなんですね」

京也はその非難がましい目つきを正面から受けとめた。あえて言い訳をする気はなかった。

「そっか……負けちゃったんだ、恵」

彼女は辛《つら》そうに立ち上がると、自分の制服のリボンを緩《ゆる》め、むしり取る。さらにシャツのボタンを引きちぎった。その下からは、健康的で、ほっそりとした肌と白のブラがのぞいていた。

「摩弥センパイ、私を好きなようにしていいですよ。御笠ちゃんみたいにかわいくはないかもしれないけれど、彼女にしたかったみたいに恵を滅茶苦茶に壊してから殺してください」

彼女が何を言わんとしているか理解に達した。だが京也はかぶりを振る。

「私は正常と異常の境界に立つ人間、マージナルです。人を殺す禁忌《きんき》のケダモノになりたがり、さりとて人であることを諦《あきら》めきれない臆病者《おくびょうもの》。まだそちら側に行く気はありません。さあ、勝負はつきました、これから救急車を呼ばせてもらいます。大丈夫です、主要な臓器は傷つけていませんから、その程度の怪我《けが》なら助かります。——そして、できればすべての罪を自白して欲しい」

「駄目です！」

恵が強くそう叫んだ。その後、辛そうに俯《うつむ》いたかと思うと駄目なんです、と小声でもう一度つぶやいた。

そのまま腹を押さえながら、穴のあいたフェンスの向こう側へとくぐり抜けた。薄いひさし一枚隔《へだ》てた向こうに地面はなく、フェンスに取りついた恵の膝《ひざ》が笑ってみえた。

「新谷さん……死ぬ気ですか？　やめてください」

「止めてくれるんですか？　でも駄目」

振り向いた彼女の顔に京也は面食らった。

彼女は大粒の涙をボロボロとこぼしながら泣いていたのだ。

「だってッ、恵、もう四人も殺してるんですよ！　警察だって馬鹿じゃない、恵のことだって薄々気付いてます。恵が自白したらどうなりますか？　マスコミは二週間は連日連夜ニュースで騒ぎたてるでしょう。そうしたら、一番ひどい目に遭うのは誰かわかりますよね？

ねぇ摩弥センパイ、恵の家族ってすごい善人の家系なんですよ。恵が癇癪《かんしゃく》起こしたときもお父さんもお母さんも妹も、みんな収まるまで優しく笑顔であやしてくれるんです。その家族がッ！　その家族がテレビや新聞の攻撃にさらされてやつれ果て、近所の人間にゴミを見るような目で見られて、罵詈《ばり》雑言《ぞうごん》が書かれた手紙を受け取り、プライバシーを根こそぎ掘り返される、そんなの我慢できないんです！

もう……恵に残されている方法は、捕まる前に死ぬしかないんです。地獄まで警察は追って来られません。そしたら恵は家族を守れるんです」

一つ大きく息を吸い、ボロボロの顔で笑みをつくった。

「摩弥センパイ――お願いだから恵を止めないで……」

見る側の胸を掻きむしるような笑みだった。この少女はおそらく京也を殺せたとしても失敗したとしてもこれが終われば死ぬつもりだったのだろうか。

「……鍵《かぎ》を、渡してください。君の家にあるのでしょう。海藤《かいどう》のノートパソコンに、私が書いた手紙、坂東貴美子《ばんどうきみこ》から奪った携帯電話。あとはあなたが殺したありとあらゆる証拠《しょうこ》が。私が責任をもって処分しておきます。私が――三番目のエクスター公爵《こうしゃく》の娘になりましょう」

彼女は胸ポケットから鍵を放った。

「……後を、お願いします。摩弥センパイ」

「御笠さんはどこです」

「保健室に寝かせてあります」

「そうですか、意外な死角でしたね。では恵さん」

――さようなら。

そう言って踵《きびす》を返し、出口に向かって歩き出した。

「摩弥センパイッ」

その背中に声がかかる。その声音は、普段の明るい恵のそれだった。振り返らずに「なんですか」と答える。

「恵、死ぬときの辞世《じせい》の句《く》って前から決めてたんですよね」

「聞きましょう」

「私の死でなんと惜しい芸術家がこの世から失われることか！」

いかにもな演技がかった調子だった。

「暴君ネロ帝の辞世の句を拝借《はいしゃく》したのですか。最後まで君はアーティストなのですね……」

「摩弥センパイ、嘘《うそ》でもいいからもう一回恵のこと愛してるって言ってくれませんか?」

懇願《こんがん》するような口調だった。

「すみません新谷《しんたに》さん、私は君に特別な感情を抱いたことはありません」

「アハハ」

彼女がかすかに寂しそうに笑うのが聞こえてきた。

風が吹いた。

そして、次に聞こえてきた声が彼女の本当の辞世の句だったのかもしれない。それは、すべてのしがらみから解放されたような晴れやかな声だった。

「――あーあッ、なんで恵、こんなひどい人好きになったんだろう」

京也は思わず振り向いた。

だが屋上から彼女の姿は消えていた。

直後、命がひしゃげる音が耳にこびりつく。

遅れて、グラウンドから悲鳴が上がった。

終章

保健医はいなかった。

西日に照らされた保健室は薬品臭く、それでいて清浄な雰囲気が漂《ただよ》っている。

カーテンで仕切られたベッドのそばまで行くと、京也《きょうや》は一気にカーテンを引いた。

そこで、一つ大きく息を吐いた。安堵《あんど》と賛嘆が入り交じったものだった。

そこにはまるで外のことなど無頓着《むとんちゃく》に眠る御笠《みかさ》の姿があった。

伏せられた美しいまつげに、薄く開いた艶《つや》めかしい唇。眠り続ける白雪姫のように侵《おか》しがたい雰囲気が漂っていた。

外は、恵《めぐみ》の飛び降りで悲鳴と怒号が入り交じって響いているというのに、ここだけは隔絶《かくぜつ》された一つの世界のようだった。

京也の頬がわずかに緩《ゆる》む。突如《とつじょ》、いままで抑え込んでいた真っ黒に煮詰まったドロドロの感情が脳内を走り回り、支配し始める。

——彼女を殺せ。

たしかに、耳元でそう聞こえた。

身体中をくまなく黒いものが流れ込み、京也の体を乗っ取ろうとする。

彼女をいまこの瞬間ここで殺し、解体することができるなら、たとえ八つ裂きにされてもかまわない。

黒いものは語気を荒らげてまた言った。

——彼女を殺せ。これが最後のチャンスだ。

呼吸がでたらめで、喘《あえ》ぐように酸素を求める。

憑《つ》かれたように頭を振り、だが、彼の手は徐々に御笠の柔肌《やわはだ》を伝い首に伸びていく。

京也はナイフは落としていたし、両の手も怪我《けが》のせいで上手《うま》く力が入らない。

だが、彼女を屠《ほふ》り、絶息させることができる。奇妙な確信があった。

京也の五指が御笠の首を包み込む。革手袋がギュッと鳴った。

たまらなく興奮しているのに、頭の冷静な部分が忌避《きひ》するが如《ごと》く固く拒絶する。

二つのせめぎ合う感情で、いまにも体がバラバラになってしまいそうだった。

「あれぇ、摩弥《まや》……くん?」

ふと、彼女が薄目を開けてこちらを見ている。

それだけで、体の中に根を張っていた黒いものが残らず蒸発した。

「御笠……さん」

恐る恐る首から手を離した。

おそらく嗅《か》がされた薬か何かがまだ残っているのだろう。瞳はトロンとして焦点は定まっていない。おそらく意識も、夢の浮き橋と現実の境界面を往ったり来たりしているのだろう。

呂律《ろれつ》もいくらか怪しかった。

「無事でなによりです」

「うん、あたしはだいりょぶ」

そう言って笑うと、続けた。

「あたし……夢……見てたんだ。あたしと摩弥くん、遊園地行く夢、ホラ、約束してたでしょ?」

「ええ、していましたね。夢の中で映画は見ましたか?」

「あ、そういえばまだだった」

薄く笑う。京也は彼女の髪を手ですいた。

「御笠さん、私は君を愛したい。けれどもどうしようもなく殺したい。そんな私が君の隣にいてもいいのでしょうか?」


いつの間にか絶対に言ってはならない、自分の真の想いを正面からぶつけていた。

京也は固唾《かたず》を呑み、彼女の反応を待った。

御笠はポカンとした表情をしたが、ふいにふにゃっと笑った。

京也は脱力し、次いで笑みが浮かんだ。久しぶりの、屈託《くったく》のない心からの笑みだった。

彼女はこの様子では理解しているのかすら怪しい。おそらく次に目覚めたときいまの告白を忘れているだろう。

「さあ、いまはただ静かに眠っていてください」

「じゃ、手、握ってて」

「わかりました」

京也は手袋を脱ぐ。

彼女の白磁《はくじ》のような手のひらに京也の手を重ねた。

御笠の手のひらが京也の傷だらけの手に重なった。

二人の手のひらが合わさり、体温が一つになった。

安心したのか、御笠がまた笑うように目を細めると、そのまま意識をなくした。

京也は待つつもりだった。

天井《てんじょう》を見上げると、祈るように目を閉じて待った。

手を繋《つな》いだまま、
彼女が再び目を覚ますのをじっと待った。

あとがき

はじめまして。神崎というものです。

この度は小学館様から大変栄誉ある賞をいただき、本当に恐悦至極《きょうえつしごく》です。

受賞前後にバイト先が潰れたり、入院したりと身の回りで一悶着あったので、喜びもひとしおでした。

編集部の方から「三次選考を通過しました」という連絡をいただいたときに最終選考結果発表の大体の日取りをうかがったのですが、期日近くに電話が鳴ると、自然脈が早くなり、汗が身体中から噴き出たものです。もしかすると入院したのも、そこら辺の事情と重なったのかもしれません。

本書は応募当時『愛と殺意と境界人間』というタイトルでした。担当さんと協議した結果、現在のタイトルに落ち着きました。こちらの方がすっきりしているので、私も気に入っています。

読み進めていただけたならおわかりかと思いますが、本書はかなり際どい作品となっています。この本を出版するにあたって、どれだけの方の尽力があったのか想像するにあまりあります。

「大賞受賞者」のプレッシャーに負けず、夜郎自大《やろうじだい》にならず誠心誠意精進していくつもりです。

下読みを担当してくださった方、編集部の皆様、選考委員の先生方、こんな小説を推していただき、ありがとうございました。校閲様、筆者の拙《つたな》い日本語をブラッシュアップしていただき大感謝です。

イラストレーターのkyo様、私の頭の中では漠然としたイメージしかなかったキャラクター達を、魅力溢れるイラストで形にしていただき、ありがとうございます。

そして担当のY田様、初対面時より「この人についていきたい」と思えるような素晴らしい方に出会えました。右も左もわからぬ私が、現在こうしてあとがきを書く段階まで来られたのは、ひとえにY田様の優しい指導の賜物です。これからも御指導御鞭撻《べんたつ》のほど、よろしくお願いいたします。

そして私の友人達、あなた方がいなかったら、私はとっくに書くのを投げ出していたでしょう。ありがとう。

印刷所様、取次会社様、書店員様、そのほか、この本に携わってくださった全ての人に謝辞を述べたいと思います。

本書を執筆するにあたり、澁澤龍彥『妖人奇人館』（河出文庫）、桐生操『美しき拷問の本』（角川ホラー文庫）、ロバート・K・レスラー＆トム・シャットマン『FBI心理分析官』（相原真理子訳、早川書房）を参考にさせていただきました。事実の誤解、曲解している所などありましたら、その文責は全て私にあります。

そして、最後になりましたが、私の本を手にとっておられるあなたに心よりの感謝を。この本を少しでも面白いと思っていただけたなら、これほど嬉しいことはありません。

できれば、またお会いできる日を夢見つつ。――ではでは。

GAGAGA
ガガガ文庫

マージナル

神崎紫電

発行　2007年5月29日　初版第一刷発行

発行人　辻本吉昭

発行所　株式会社小学館
〒101-8001 東京都千代田区一ツ橋2-3-1
[編集]03-3230-9166　[販売]03-5281-3556

カバー印刷　株式会社美松堂

印刷・製本　図書印刷株式会社

Printed in Japan ISBN978-4-09-451003-4

第2回小学館ライトノベル大賞
ガガガ文庫部門 応募要項!!!!!!
大賞200万円&応募作品の文庫本デビュー

内容 ビジュアルが付くことを意識した、エンターテインメント小説であること。ファンタジー、ミステリー、恋愛、SFなどジャンルは不問。商業的に未発表作品であること。
(同人誌や営利目的でない個人のWEB上での作品掲載は可。その場合は同人誌名またはサイト名を明記のこと)

選考委員 冲方丁 仲俣暁生 森本晃司

資格 プロ・アマ・年齢不問

原稿枚数 ワープロ原稿の規定書式【1枚に41字×34行、縦書きで印刷のこと】は15~125枚。手書き原稿の規定書式【400字詰め原稿用紙】の場合は、45~420枚程度。
※ワープロ規定書式と手書き原稿用紙の文字数に誤差がありますこと、ご了承ください

応募方法 次の3点を番号順に重ね合わせ、右上をひも等で綴じて送ってください。
①応募部門、作品タイトル、原稿枚数、郵便番号、住所、氏名(本名、ペンネーム使用の場合はペンネームも併記)、年齢、略歴、電話番号の順に明記した紙
②800字以内であらすじ
③応募作品(必ずページ順に番号をふること)

賞金(部門別) **大賞**200万円&応募作品の文庫デビュー **ガガガ賞**100万円&デビュー確約 **佳作**50万円&デビュー確約 **期待賞**10万円&毎月2万円を1年間支給

締め切り 2007年9月末日(当日消印有効)

発表 2008年3月下旬、小学館ライトノベル大賞公式WEBサイト(gagaga-lululu.jp)及び同年4月発売(予定)のガガガ文庫にて。

応募先 〒101-8001 東京都千代田区一ツ橋 2-3-1
小学館コミック編集局 ライトノベル大賞【ガガガ文庫】係

注意 ○応募作品は返却致しません。○選考に関するお問い合わせには応じられません。○二重投稿作品はいっさい受け付けません。○受賞作品の出版権及び映像化、コミック化、ゲーム化などの二次使用権はすべて小学館に帰属します。別途、規定の印税はお支払いいたします。○応募された方の個人情報は、本大賞以外の目的に利用することはありません。○応募された方には、原則として受領はがきを送付させていただきます。なお、何らかの事情で受領はがきが不要な場合は応募原稿に添付した一枚目の紙に朱書で『返信不要』とご明記いただけますようお願いいたします。